目次

リザ・ハイゼとミヒャエル（1920年頃）

若き女性への手紙

——若き女性リザ・ハイゼからの手紙16通を含む

一九一九年七月のある日、四十三歳の詩人ライナー・マリア・リルケは未知の若い女性リザ・ハイゼから一通の手紙を受け取る。

1　リザ・ハイゼからリルケへ

一九一九年七月、H*

先生の詩にはショパンのノクターンの甘美さとベートーヴェンのラルゴ楽章の抑制された力が響いております。本来なにも言わず、その音楽に満足しているだけで良いのかもしれません。黙っていた方が良いのかもしれません――しかし、お礼を申し上げたいという衝動にあらがってしまったら、なにかを奪われたような、大切なものを失ったような悲しい気持ちになることでしょう。どうぞこの手紙をご不快に思われませぬようお願い致します。

不思議なことですが、もう何日も、何週間も、わたしは先生がおそばにいらっしゃるような気がしております。先生の詩が、なにか再び見つかったもののように心に触れるのです。心の中の解決のつかない問題やぼんやりした答えが、完全に落ち着くことはなくても、それでも、わたしがここで小さな子供と一緒に生活しながら感じている深い孤独感は、先生の芸術がそのまま寄り添ってくださることで和らぎ、軽くなります。そしてそれは、もちろん限りなく大切なことなのです。

先生の詩が語ってくださるさまざまな「経験」に感謝の気持ちを申し述べさせてください。それは心が受け入れようとしている時、受け入れる用意がある時、そんな時にはとても大きな慰めになるのです。

＊　ホーフガイスマール（ドイツ中部ヘッセン州の町）。ハイゼの手紙は発信地がすべて頭文字で書かれている。他にも、ハイゼの手紙は冒頭の呼びかけと最後の署名などが割愛されている。

一九一四年夏に始まった第一次世界大戦は当然リルケにも多大な影響を与えた。一九〇二年、二十六歳の時に『ロダン論』を書くために初めてパリにやってきて、一九〇五年九月からは、旅行で離れることが頻繁にあったとはいえ、ほぼこの街を拠点にしてきたリルケだったが、たまたま短期旅行のつもりでミュンヘンに滞在中に突然戦争が始まったのである。

一九一二年に『ドゥイノの悲歌』が書き始められ、それを完成させることが彼の最大の目標になったが、戦争のおかげで中断を余儀なくされた。一九一六年一月には三週間程度とはいえヴィーンで兵役について、銃を担いで野戦訓練をさせられ、非常に辛い思いをした。その後友人たちの尽力でヴィーンの軍事文書課に転属するが、多くの若い友人知人が戦場で死んだ。

一九一八年一一月に戦争が終わっても、住んでいたミュンヘンでは、リルケも束の間ではあったが期待を寄せた革命と評議会(レーテ)共和国が、翌年義勇軍(フライコール)に鎮圧された。ベルリンでは、一月にカール・リープクネヒトとローザ・ルクセンブルクが反革命勢力に惨殺され、ミュンヘンでも翌月には、リルケも信頼を寄せていたクルト・アイスナーが暗殺された。このアイスナーおよびリープクネヒトの妻ゾフィーとリルケは手紙のやり取りがあった間柄である。リルケ自身はもちろん政治活動家ではなかったが、この頃の彼は共和制を求める進歩主義的な立場に立っていた。

ミュンヘンの評議会共和国が終焉後、革命の関係者たちの捜索は続けられ、シンパとみなされたリルケの住まいも、重装備の警官たちに二回家宅捜索された。おそらくこれを契機として、一九一九年六月に、以前から誘われていながら先延ししてきたスイスでの朗読会の誘いを受けることにする。

　こうして、逃げるようにミュンヘンを後にしてスイス各地を数日おきに移動するせわしない生活ののち、七月末にやっとソリオに落ち着いた。そこに届いたのが上記の、小さな子供のいる「孤独な」若い女性からの手紙だった。

　手紙を書いたリザ・ハイゼは一八九三年に病院の管理人の父ヴィルヘルム・シュミット（一八六三～一九四七）と母マルガレーテ（一八六九～一九三八）の間に最初の子として、現在のドイツのほぼ中心部にあるヘッセン州のエシュヴェーゲという小都市に生まれ、十八歳から音楽学校のピアノ教師養成コースで学んだ。

　彼女は元々両親とそりが合わなかったようで、口論が繰り返された末、二十一歳の時に父の打擲（ちょうちゃく）をきっかけに家出して、ピアノを教えたり農作業のアルバイトで生計を立てた。一九一六年に学生時代からの恋人の新進画家ヴィルヘルム・ハイゼ（一八九二～一九六五）と結婚した。この結婚に反対していた父ではあったが、結婚にあたり金銭を援助してくれて、若い夫婦はホーフガイスマールに家を購入することができた。しかし経済的には常に困窮状態のその日暮らしだった。彼女のピアノ教室（といっても、彼女の方が歩いて生徒の家へ出向くのである）と夫の本の装丁の仕事でなんとかやりくりし、翌年六月に息子のミヒャエルが誕生する。しかし夫は仕事を口実に家を空けることが多く、さらには愛人を作って一九一九年夏、ハイゼがリルケに最初の手紙を書く直前に結婚生活は破綻していた。

こうした事情は、むろん手紙を手にした時のリルケには知る由もない。しかし「深い孤独感」が、リルケの芸術が寄り添うことで「和らぎ、軽く」なったという感謝の言葉に対して、すぐに芸術作品と孤独との関係について詩的な、同時にやや難解なイメージが散りばめられた返事を書く。

2　リルケからハイゼへ

一九一九年八月二日、スイス、グラウビュンデン、ソリオ、パラッツォ・ザーリス

奥様があのお手紙をお書きにならずにはいられなかったお気持ちが私には良くわかります。いただいたお手紙に対して、そう申し上げる以上に正確にうまくお返事を差し上げることはできないと感じております。芸術事物[1]はなにかを変えたり良くすることはできません。一度そこに出来上がってしまえば、自然と同じように人間に対峙し、（ちょうど噴水の水のように[2]）自己自身の中で充足し、自己自身で完結しているのです。要するに、もしそう言いたければ、人間に対しては無関心なのです。しかし、この第二の自然[3]はそれを創造する作者の意思によって抑えられ、閉じこもりがちなのですが、結局のところは、やはり作者の人間的なものから、つまり極端な苦しみや喜びから発していることは誰もが承知していることでしょう――そしてここに、芸術作品の中に集められている無尽蔵の慰めの宝庫を開く鍵があるのです。そしてその宝庫には孤独な人だけが入る権利を、言葉にできない特別な権利を主張で

きるのです。人生には、人々の間にいながら孤独を感じることが非常に強くなる瞬間が、いや、瞬間よりもっと長い期間があって、それは普段の気さくな付き合いの中で話題にしてもわかってもらえないことは私も知っております。しかしそんな時でも、自然のほうから手を差し出してくることはありません。だから、自然のほんのわずかな面でも自分に近づけるためには、自然を解釈しなおし、気に入られるように努め、いうなれば人間の言葉に翻訳できなければなりません。しかしそれこそが、徹底的に孤独に落ち込んだ人にはできないことなのです。そうです、深い孤独の中にいる人はただただ与えてもらいたがるだけで、自分からもらいに行くことができません。生命力が衰えた人が食べ物を差し出されても、口を開く気になれないのと同じです――芸術作品に対して手を差し伸べてくれるはずだと思い、またそれを求めれば、まるで恋焦がれているかのような勢いで芸術作品が逆に襲いかかってくるに違いありません。あたかも相手の人生を我が物にして、相手の弱さの原子一粒一粒をすべて自分への献身に変えることとしか考えていないかのようです。[4] そうなっても、厳密に言えばなにも変わっていません。芸術作品に助けてもらおうと期待するのは思い上がりでしょう。しかし、芸術作品は作者の人間的な緊張を外に向けて用いるのではなく、自らのうちに収めておきます。つまり芸術作品が内包する緊張の強さは外へ広がっていくのではなく、ただそれがあるというだけで、あたかも自らが一所懸命になり、乞い求め、求愛し、それも我を忘れた一途さで愛し、呼びかけ、神によって命ぜられているかのように錯覚させてきたのですが、それは芸術事物の良心なのです[5]（しかし使命ではありません）――そして芸術事物と孤独な人間との間にあるこの錯覚は、太古の昔から、神に関して引き合いに出すときに僧侶があの手この手で用いる欺瞞と同じです[6]。

不作法にも長々と書いてしまいましたが、奥様のお手紙はまさしく私に語りかけてきたのです。手紙を書いた人が宛先にたまたま私の名前を書きながら、実は私でなくてもよかったというのではなく、この私に語りかけてきたのです。ですから私としてもあなたに負けずに誠実でありたい、決まり文句ではなく、このようにお近づきになれたという現実の、本物の経験でご返事したかったのです。

奥様が最後にお子様のことをお話しになられ、お手紙が一気に打ち解けたように感じられましたが、私もそのようにご信頼いただいた以上、それを完全に受け止める覚悟であるとお答え申し上げます。いつか都合のよろしい時に、お子様のことや奥様ご自身のことについてお聞かせください。長くなってもかまいません。私は古い人間で、手紙というものがまだ人と人の交流の最も優れた、最も実りある手段だと信じております。――もちろん、このような心構えですから、ときどき書ける量を越えてしまい、手紙が滞ってしまうことがあるのも申し上げておかなければなりません。また他にも――時には何ヶ月にもわたって――仕事のせいだったり、それ以上に、（戦争中そうだったように）どうしようもない「魂の枯渇（セシュレス・ダーム）」のせいで手紙が書けなくなり、その状態が続くこともあります。しかしその代わりに、私は人間的なつながりをしみったれた、勘定ばかりしている人々の生活の尺度ではなく、むしろ自然の尺度で測ります――

よろしければ、これを今後の私たちの交流のお約束にいたしましょう。長く滞（とどこお）ることもあるでしょうが、お差し支えなければ、繰り返しここに戻って、今日まず許されたように、奥様と心を通わせ、理解し合いたいと思います。

ライナー・マリア・リルケ

1　芸術事物（Kunst-Ding）はリルケが好んで使う用語。芸術作品と考えて良い。このあとにもあるが、リルケは芸術作品というものは完成してしまえば人間（作者も含む）のことなど考えていない、自己完結したものだと考えている。その意味で芸術作品も「事物（もの）」なのである。

2　噴水はリルケが好んだモチーフのひとつ。水を吹き上げ、落ち戻って循環する噴水に、自己完結の理想を見る『新詩集』の『ローマの噴水』が有名。

3　第二の自然＝芸術作品のこと。このあとも自然という言葉に芸術作品を重ねて語っていることに注意。

4　非常にわかりづらいが、芸術作品は自然のように（「第二の自然」）自己完結している。作者は芸術性（美）を求めて、自身の「人間的な（…）苦しみや喜び」を作品に込める。それは人々（鑑賞者）にとって、特に孤独な人にとって慰めになる。しかし芸術作品は自然と同じだから、鑑賞者の側がそれを自らに引き付け、翻訳しなければならない。だが孤独すぎるとそれが適切にできず（「与えてもらいたがるだけで、自分からもらいに行くことができません」）、過剰な思い入れになってしまう。「相手の弱さの原子一粒一粒をすべて自分への献身に変えることしか考えていないかのよう」というのは芸術作品の側からの表現で、孤独者の立場から見れば、助けてほしい（「手を差し伸べてくれる」）という思い（『相手（孤独者）の弱さの原子」）で作品を過大評価（「自分（芸術作品）への献身」）してしまうということであろうか。

5　ここもわかりづらい表現だが、註4でも見たように、作者は作品の芸術性（美）を求めて、自らの内的緊張を作品に込める。その強度が、求めたり愛したり神によって命ぜられたりしているかのように見せて、人々に、とりわけ孤独な人々に同じ緊張を及ぼして感動させる。しかし、リルケは芸術作品は出来上ってしまえば自然と同じで、人間（鑑賞者）のことなど考えていないと言っている。作者も最初から人々を感動させようという意図で創造するわけではないのである。作者の意図は芸術性（美）の追求であり、完成した作品も人々を感動させることを意図してはいない。これを良心と言っているのだろう。

6　リルケは自然と同じように神も人間に対して無関心だと考えている。リルケ＝作品と考えることと、作品が自分のために書かれたかのように感じることが、神が人間のことを考えているかのように語る僧侶の欺瞞と通じると言っているのである。このあたりは、ハイゼが作者としてのリルケに過大な期待をかけすぎないように釘を刺しているといえよう。

ご覧のように、リルケは見ず知らずの女性からの手紙に対して、通り一遍の「決まり文句」を使ったりせず、誠実に返事を書いている。相手が何者かもよくわからない時点で、リルケ特有の詩的な難解さをともなった比喩的な書き振りであり、冒頭から芸術作品という一般的な言い方をせず、リルケ特有の「芸術事物」という言葉を使っている。自然や神を芸術と重ねる精緻な比喩など、「リルケは手紙を金細工師が細工を仕上げるときのように書く」（一九二〇年一〇月六日のC・J・ブルクハルトがホフマンスタールに宛てた手紙）と言われているとおりだが、同時に最初の手紙からして、すでに親しいものに語るような語り口である。

有名な詩人からこんな手紙を貰えば、ハイゼとしてはすぐに返事を書かないわけにはいかないだろう。次の手紙で彼女は現在の自分の状況を暗示的に打ち明ける。

3　リザ・ハイゼからリルケへ

一九一九年八月二三日

去年の夏、冬、そして再びこの夏の間、わたしの部屋は動くものもなく厳かに整頓されていました。そしていつも大きな期待を感じながら生活していたら、その期待があらゆる品々に感染して硬直し、おかげでそうした品々がこわばってよそよそしくなってしまいました。夜になって少しがっかりしながら扉を閉じると、部屋の中ではまだ期待が揺れながら残っていました、七度音程の響きが消えていくように。

しかし、今、先生がいらしたのです。期待はすべて満たされました。硬直していたものがすべて、温かく幸福な気持ちの中で解けていきました。見ず知らずのわたしに、先生はこちらが当惑するほどの贅沢な贈り物をくださいました——この貴重なものが本当にわたしのものなのかと疑いながら、先生のお手紙を手に取ったのでした。今後、孤独を嘆くことはないでしょう。もうひとりぼっちではないのですから。

以前は、ゆるいものではあってもまだ何人かの方々とつながりがあったのですが、それもとっくに切れてしまいました。わたしが命をかけて守りたいと思っていたつながりもこの手の中から消えてしまいました。そうして今はこの小さな町で、本来ならもっと年齢を重ねたあとで、ようやく許されるような孤独の中で生きております。

家事と庭仕事、ミヒャエルのお守(も)りと世話、わずかな仕事、そして読書で昼間は満たされています。もし夜が耐えられないほど深くなければ、この孤独も、そこからたくさんのものを得られるという利点があるのですから楽しめるはずなのですが。夜の静けさの中で過ごすのは、どろっとした塊を押しのけていくようでとても疲れますし、抵抗できないなにかとんでもないものの中に入れられたようです。過去の記憶で重くなり、将来の見通しがつかない夜々、救いと休息を求めることを耐え難くする夜々。過ぎ去ったことがすべて亡霊のような姿で現われ、古くて大きいこの家は、突然、他人の大きすぎる服のようにわたしを取り囲むのです。そこから解放されたいのに——大声で叫んでも、ますますそこに絡め取られるだけなのです。

自分が地面から掘り起こされた木のように感じます。その木はかろうじてまだ一本の深い根だけで地面とつながっています。その根というのはわたしの子供です。なぜ女だけがいつもこのように自らを浪費しなければならないのでしょう？　なぜいつも同じように何度も夢中になり、心を奪われ、献身的に信じようとするのでしょう、だって、返ってくるのは男の人に都合の良い、本当にわずかなものだけなのがわかっているはずなのに。そして、自分の中にあって自分を越えて育っていくなにか大きすぎるもので*自分を見失ってしまったために、もう一度苦労して自分を探さなければならなくなる時が必ず来るのがわかっているはずなのに。男と女の間の関係が不公平なのに、世界の救済を語ったところで虚しいのではないでしょうか? 男の人も心の底に、多くの錯誤から解き放たれた愛のイメージを持ち続けるべきではないのでしょうか? なぜ愛にあのような間違った備えをするのでしょう? 男の人が心の大仕事を引き受けることを恐れるのは、素直さが欠けているからではないでしょうか? しかしわたしたちは? わたしたちは苦悩の体験から節度を保つことを学んだはずではないのでしょうか?

理解できないのは、一度自分の物だ、なくなりっこない所有物だと心が思い込んだものが、限りなく遠くへ行ってしまうことです。心の中には一枚の素描があるだけです。そして口やかましく完成させろと迫ってきます。そこに描かれなかったものにはどれほど多くのつらいことがあるでしょう、それを相手はなにも知らないのです。

先日初めての町へ行ってまいりました。孤島のようなこの町を離れたのは何年ぶりかでした。そうしてまたさまざまな人々を目にしました。とてもたくさんの人たちが集まっていて、わたしはその人たちのことを知らないし、彼らの方でもわたしのことをなにも知らないということが不思議に思えました。でもこうした経験のおかげで、好かれているとか不幸だとか、自分のことを気にする必要がないのに気づきました。そうは言っても、人々の顔には怖気付きました。そして今日になっても、まだ高圧的で露骨な顔に取り囲まれているようで調子がおかしくなります。フランクフルトの待合室での夜の数時間。眠りはなんと偉大な支配者なのでしょう！　人々の顔からこの一日を仮面のように剥ぎ取ります。そして目覚めているときの表情を、いうなれば溶かしてしまって、日中なら見せない本来の表情を、打ち解けた時以上に暴きだしてくれます。しかし眠りという、より強いものに無条件にゆだねられると、人々は幼年時代の痕跡を再現し、それによってまた混乱させられるとともに驚かされもしました。彼らの人生が歪められたのはただ一つの誤解、もう修正できない誤解のせいなのだと思っているのかもしれません――もう少しだけ子供のままでいればそれを避けられたのに、と。

お昼にはヴュルツブルクにいました。この町にはまだバロックの精神が溢れています。この精神を現代風に否定しようとしているのには全く呆れます。実際に目で見たどんなものよりも強く生き生きとしているバロック精神の素晴らしい雰囲気のおかげで、街中の騒音はすべて見せかけの空虚なものになったようでした。この町には、どんな習慣も、どんな振る舞いも、どんな罪も、どんな涙も存在せず、いわばそのバロック精神に満たされていないものはないと信じたいところです。この精神はただ抽象的な事柄にのみ宿っているのではなく、女性や娘たちの身体にまで刻まれていて、彼女たちの姿を泉のニンフ像や教会の天使たちのようにバロック的にしています。

それからローテンブルク。夢のような数日間で、ほとんどずっと幸せな気持ちでした。タウバー渓谷の斜面の上の太陽。華々しい朝、牧場、岩石、山々、小川。思考が穏やかになり、いわばほどけていきました。自分でも驚いたのですが、人に預けてきた子供のことはまるで考えませんでした。自分自身がまだあまりに子供っぽく母親であることが信じられなかったのです。何事も勝つことではなく耐えることだけが大切な、勇気のいる戦いです。

大変不躾(ぶしつけ)な長たらしいお便りになってしまいました。お忙しいところをお時間を奪ってしまいました。お許しください。「長くなってもかまいません」というお言葉がなければ、このような手紙を出す勇気は出なかったことでしょう。

＊「大きすぎるもの」は子供のことを言っているようでもあり、一方で女性が心のうちで育み、彼女自身を越えていく「愛」とも考えられる。そして後者の考えは後に見るようにとてもリルケ的なイメージである。

先に書いたように、ハイゼの夫は愛人を作り、一九一九年夏に三年間の結婚生活は破綻する。

最初の手紙が出されたのはこの時期である。そしてこの二通目の手紙の中ほどの「男と女の間の関係が不公平なのに、世界の救済を語ったところで虚しい」や「わたしたちは苦悩の体験から節度を保つことを学んだはず」という言葉も、第一次大戦後の混乱した時代と、彼女の今まさに経験している苦痛を表している。

それを受けて、次の手紙ではリルケはその特異な愛の観念に基づいて、女性の本質を、自らの中で自足している「自然」と「人間」という二つの面を兼ね備えながら、分裂した不安定な状態に陥る危険を語り、同時に男たちの愛に対する無能ぶりも強く批判する。

4　リルケからハイゼへ

一九一九年八月三〇日、ソリオ（グラウビュンデン、ベルゲル）

奥様、

まず最初に、あのようにお知らせをいただいてとても嬉しく思いますが、私はお手紙に対して即座にご返事を差し上げることを義務とは思っておりません。これは奥様に安心していただきたいので申し上げておきます。お話くださった体験や、これだけ離れているのに伝わってきた奥様のご心情は、もちろんそもそも「お答え」できる枠を越えています。あのようにあなたが問う[1]のは、私たちに固有の生命というものがもともと知りたがるものだからなのですが――誰がそれに答えられるでしょう？　ひょっとしたら運が良かったり逆に不運のおかげで、あるいは予期せぬ瞬間的な心の動きで突然その解答が閃くこともあるかもしれませんし、じわじわと気付かぬうちに私たちの中で解答が生まれるかもしれません。あるいは誰かひとりの人が私たちの目の前で解答のページをめくることもあるでしょう。その解答はめくった人の視野に収まりきらず、心の新しいページに書き込まれますが、自分でもわからないので、私たちが読んで聞かせてあげることになります――しかし、仮にあなたが読んでもらったところで――それはやはり問い以外のものは出てこないのではないでしょうか？　人間のどんな体験であれ、人間に関するどんな言説であれ、最後には問いという小さな丘を登って、そこで心を委ねるのではないでしょうか。しかし誰に向かって？　天に向かって。

女性の運命のことですが、それはなにがあっても満たされ、決定され、答えられることを願うものです。女性の運命にとって問いのままであるというのは不自然です――でも忘れないでいただきたいのは、男性は女性の運命に向かい合っているだけだということです。向かい合っているというのは、私たち自身が、それぞれ一人一人、自然に向かい合っているのと同じです。つまり、自然のような無尽蔵の豊かさを受け入れる力がないということです。手に取り、ため息をついて再び手放し、そこから目を逸らし、都会だの書物だののにかまけて自分自身を見失い、自然から生活の隙間へ落ち込んで、眠って起きての繰り返しの中でそれを拒否し、否定しながら――ついには不機嫌の波が打ち寄せ、幻滅と疲労の崖を転げ落ち、決定的な痛みを感じて、私たちは自然の懐へ引きもどされます。すでに瀕死の私たちは、変わることなくそこにあるものとしての自然に投げ込まれるのです。しかし、自分の中だけで働き、休み、自足している自然は、私たちがそこを立ち去ったとしても気がつきません。私たちの心が迫ろうが離れようが関係なく、自然はわたしたちを常に掌握し、孤独の苦しさなど知りません。別の言い方をすれば、自然は完璧なものとして孤独であり、いっさいであるが故に孤独でありながら、その孤独のぎりぎりのところにいるのではなく、暖かく完全な中心にいるのです。女性も、孤独な女性もこれと同じような聖域を持つべきではないでしょうか、自らのうちに自足して、癒されながら自らのうちへ戻っていく女性の本質[2]の輪の中に住まうべきではないでしょうか？——女性が自然である限り、もしかしたら、それがうまくいくときもあるかもしれませんが、しかしそのあとまた、自然であるとともに人間であること——無尽蔵のものであると同時に尽きてしまうものであるということ——を求められているという彼女の在り方の矛盾が、彼女に復讐することもあります。尽きてしまうと言いましたが、それは力を使い尽くしてしまうことではなく、女性がいつまでも与え続けるわけにはいかないという意味です。女性が自ら持つ豊かな献身の気質が、たくさんのものが蓄えられたその心にとっても重荷になるからです。朝、目覚めれば思い出し、いや、まだ暖かく眠っている時にも言葉にならぬほど満たされるはずのあの幸せな抑えきれない愛の要求が欠けているからです。そのような時の女性は、その土壌で花を植え育てることのできない自然と同じです。そのような自然では小ウサギは跳ねて逃げ、鳥は飛び去って心地よい巣にも戻らないでしょう。しかし女性がこうした自然であることにこだわり、世話を焼いたり言うことを聞いたりしながら、豊穣であることが自分の権利であると思うとき、彼女は自分が人間であるという意識の中で、やはり戸惑いを感じるのではないでしょうか？　つまり、自分が差し出す救いの手はそんなに信頼できるのでしょうか？　与えるということはそれほど無限にできるのでしょうか？　しかも、その背後には、受け取ろうとする思惑が、[3] 自然なら知らない悪巧みが、本当にないのでしょうか？　そして一般的に女性は危険にさらされ、不安定なのではないでしょうか？　つまり、一人の人間として、いつ心の干魃や心を蝕む惨めさに襲われるかも知れず、その甘美な息を止めさせ、目の輝きを曇らせる病に罹るかもしれないのに、どうして永遠の愛の約束などできましょう？――私も常々このような女性の二重のあり方は、男性の側のもっと純粋に果たされる愛によって耐えることができるものになるに違いないと想像しておりましたが、男たちはせいぜいのところ、愛を下書きのまま完成させることもないのに、愛する人の現実と愛に関与しているだけなのです。求愛する男は、娘が求愛に驚きながら自らを理解していく中で、彼女の持つ自然の力を過剰なほどに掻き立てながら、射止めた直後に、本当は彼女など相手にならぬほど優れた生物である彼女の人間的な弱さと頼りなさに不満を言って、彼女を否定する最初の男になるのです。ここに男の愛の深刻な無能ぶりが露呈します。彼の愛は祝祭の日の一日しか続かず、ひと夜の計り知れぬ贈り物の間しか保ちません。いいえ、それどころか、男の愛はこの贈り物を自らのうちで使いきり、残るところなく変容させ、それを絶対に口外しないということすら十分に行えなかったのです。秘密を守らなければ、愛する者同士が一緒にいるために不可欠なあの純潔さが取り戻せないのです。このように、女性と比べれば、男の方は愛することにおいて正しくないように思われます。愛の自慢ばかりしながら、愛という学問の初級段階を越えられないのです。女性のほうでは彼に比喩や韻律を準備してやっているのに、詩学入門の授業だけでさっそく完全な詩が作れると、ずっと思い込んでいるのです――しかし見方を変えれば、男の方もこのようにただ通り過ぎていく者であり、行ってしまってもう帰らない者だというその悲しい運命に心打たれるものがないでしょうか？――せっかちに世界中を駆け巡ろうとしながら、なにも見ておらず、一つの心の周りをぐるりと囲む道すら完成させられなかったのですから！

あなたの夜々の一つのためにこうして書いてまいりました。奇妙なことですが、ひょっとしたら、お手紙にありました「耐えられないほど深い」夜々こそ、私たちのような者が、その危険を承知の上で切望する夜なのかもしれません。そういう夜々こそ内面的に最も意欲をそそる夜なのかもしれませんし、人の心から最も多くのものを強引に引き出してくれる夜なのかもしれません。なぜなら、結局はそこからの逃げ道は新たなものを生み出す以外にないからです。このところ内も外もごたついていて、そのような夜を、私はもうどれほど長い間過ごせずに来たことでしょう。私にはあなたの静かで美しく古いお家がなんと恵まれていることかと羨ましく思われるのです。そして、あなたがおっしゃるように、私のたった一通の手紙であなたの厳かに開かれた部屋の期待を満たすことができるとすれば、故郷を失った私にとって、ほんの束の間とはいえ慰めになるのです。

ライナー・マリア・リルケ

1 前のハイゼの手紙の「男と女の間の関係が不公平なのに、世界の救済を語ったところで虚しいのではないでしょうか?」で始まる一連の疑問を指す。
2 自分のうちに自足して自らのうちに戻るという女性を自然と重ねた表現には、リルケが女性のあり方の理想とみなした「愛の女」が想定されている。このテーマはこのあともくりかえされる。
3 ここで語られる「与える」と「受け取る」は愛すると愛されると言い換えて良い。リルケは愛すること(能動)が愛されること(受動)よりも大切だと『マルテの手記』(一九一〇年)を始め様々な作品や手紙で語っている。

リルケは六月一一日にスイスに入国した。しかし七月二九日にソリオに落ち着くまで、一カ所に二週間以上滞在することがないほどスイス各地を転々としていた。そしてソリオ滞在も九月二〇日までの二ヶ月足らずだった。その後ほぼ一年半、再びスイス各地を転々とすることになる。手紙の最後にある「故郷を失った」という言葉は誇張ではない。

　これに対してハイゼの返事は一ヶ月後になる。リルケが羨んだ「静かで美しく古い」家を売らなければならなくなって、忙しかったのかもしれない。

5　リザ・ハイゼからリルケへ

一九一九年九月二八日、Ｈ

これまで先生とお近づきになる機会がなかったのは、紙一重の偶然のせいだとしか思えません。ですから、もしわたしが従うべき自分の本質の一部分を先生にお伝えするのがすでに当たり前のようになっているのでなければ、このように先生の生活にお邪魔しようなどと考えることは、日に日にわたしの気を重くさせていたことでしょう。

わたしはいつでもただ受け取るだけで、差し上げることは決してできないでしょう。ですが、わたしは先生の広々として穏やかな澄んだお考えや、癒しの力とそこから生じる安息を完全に受け入れています。そこではあらゆるものがとても融和的で、ほとんど不幸を不幸として感じさせません。

自然は大きな衝撃を受けても、繰り返し以前のままの姿を現します。その本質は「傷つかない」ままでした。それに対して、人間は子供の頃過ごした町へ戻る旅人のように、自分自身に戻っていきます。かつて信頼できていたものに見知らぬものが入り込んだように、生活の深い不安を感じます。いつか、わたしはまた自分を取り戻すだろうと思っています――孤独はわたしにとっては常に苦しみであるとしても――そしてこの突然の全くひどい痛みはなにか圧倒的なものなので、先に終わるのはその痛みなのか、それとも自分なのかわからないとしても。

　わたしは子供に完全に満足して、母親になると夫のことをほとんど忘れてしまえる女性をすごいと思います。わたしはといえば、より弱いものを助けて守るためには、もっと強いものに頼らなければなりません。このより弱いものは、抱き上げるとわたしの力を天にまで昇らせてくれます。そして今のように落ち込んだ最悪の時でも、自分を見失うことは決してないだろうと思うのは、未来に対して大きな責任があるからです。

　わたしたちは成熟するためには孤独に生き、苦痛にさいなまれなければならないのでしょうか？　年月を乗り越える愛などないのでしょうか？　男の人は常に心変わりし、信用できないものなのでしょうか？　しかし、女性は男の人をどうやっても拘束できないのだとしても――男の人には男女の間にほぼ絶望的な混乱しか見えないのだとしても――男の人はなぜ幼い子供に現れるみのり豊かで大きな成長の兆しを感じないのでしょう？　永遠に変化し続ける男という生き物はエゴに囚われ、自らを越えることができないのでしょうか！　しかしおそらく男と女は互いに理解し合えないものなのかもしれません。心身ともに苦しみながら何年も消耗した結果が、三人目の誕生だけなどということがあって良いのでしょうか。それは未知のものとしてやってきて、物事がわかるようになり、わたしたちのほうでもその子のことが理解できるようになった時に、再びわたしたちを離れていくでしょう。しかし、なんと冷たく救いがないのでしょう！

でもわたしは若いのです——まだ若いのです！　そしてなんとしてでも生きようと一所懸命です。ただ、耐えきれずに簡単に潰れてあきらめてしまいます。わたしには自分の本質の大きな矛盾の中でどんな原則も見出せなかった時期がありました。その時は、あの人[1]を驚かせたり苦しめる自分の女性的な面をすべて取り除こうと一所懸命でした。植物的な生き方をして、大人の女を「演じる」力量も想像力も持ち合わせていなかった、そんな時もありました。また、家中の時計がすべて止まり、育てている花はもう咲かず、飼っていた動物たちがいなくなるという、本当に見捨てられたような時もありました。そんな時は、毎晩、生まれたばかりの赤ちゃんが寝ている大きな青い部屋に入るのに、かなりの勇気を振り絞らねばなりませんでした。強風の中で吹き飛ばされたようでした。そんな時に、『形象詩集』[2]を手にしたのでした。なにものも入ってこない避難所が手に入ったのです。わたしは先生の手によって自分のかけらを少しずつ取り戻していったのです。それはもはやピッタリとは合いそうにない小さな壊れやすいかけらでした。しばしば気持ちが萎え、忍耐も失せて、すべてを再び慌ただしく目の前からどかしてしまうこともありました。

その詩句はわたしたちのことを教えてくれて、わたしたちを狼狽させることも結局は正しく妥当なことであるかのように、大きな声で語ってくれます。なにを問いかけても落ち着かせてくれます。そしてあらゆる答えのない問いに少しだけでも安心するためには、おそらくわたしはさらにたくさん問いかけなければならないでしょう。

わたしはこの古い家での最後の夜々をこうして手紙を書きながら過ごしています——こうする以外、それをどう乗り越えれば良いのでしょう？　わたしはこの家を売りに出さなければならなくなりました。そして、経済的に頼みの綱だった生徒たちもみんなやめてしまいました。家を失う不安にいてもたってもいられません。これからどう生きていけばよいのでしょう。

1　夫のヴィルヘルム・ハイゼはカッセルの美術アカデミーで絵画とデザインを学び、当初は本の装丁・挿絵をメインに活動していたが、リザとの離婚後は画家として身を立て、現在でもドイツ各地の美術館でその作品を見ることができる。ナチスの時代にはいくつかの作品が「退廃芸術」として破壊されたが、ケーニヒスベルクやフランクフルトの美術学校で絵画の指導をした。

2 『形象詩集』第一版は一九〇二年に出版され、その後版を重ねるとともに、かなり多くの詩が追加された。リルケ二十二歳から三十歳までに書かれたさまざまなテーマの詩から成っている。

この手紙の最後の部分を読んでリルケも心を痛めただろう。しかし、リルケ自身も安定していたソリオから離れ、流転の生活を送った後、一〇月の末から一一月いっぱい、スイスへ来た本来の目的の朗読会を七回、場所を変えて行わなければならなかった。しかし、この朗読会をきっかけに、スイスの上流知識階級とのつながりをいくつも得て、この後のスイス滞在で彼らに大いに助けられることになる。

一方、ハイゼは手紙にあるように「古い家」を売りに出さなければならなくなる。この家はハイゼの父親の援助により手に入れたものだが、離婚にあたり、夫は弁護士を連れてやってきて、息子ミヒャエルの養育費支払いの義務を逃れようとしたため売却しなければならなくなった。このような目に遭わされながら、彼女がハイゼの名前を名乗り続けたのは、この結婚に反対していた両親に対する意地だった。

ところで、この手紙でハイゼが読んで「ショパンのノクターンの甘美さとベートーヴェンのラルゴ楽章の抑制された力」(五頁)を感じたのが初期から中期にかけて書かれた『形象詩集』であることが明かされたが、面白いことに、このハイゼの手紙が書かれた翌日に、ミュンヘンの革命と評議会共和国の中心人物で、当時刑務所に収監されていた作家エルンスト・トラーからも、収監生活でリルケの初期の代表作『時禱集』に慰められたという感謝の手紙が届いている。

もうひとつ、この手紙から、ハイゼはリルケが書いている「自らのうちに自足して、癒されながら自らのうちへ戻っていく女性の本質」(二四頁)に、この時点ではまだ注意を払っていないように見えることも指摘しておきたい。このテーマは二七頁の註2にも書いたように、リルケの特異な、女性の愛についてのテーマと関連する。このテーマをハイゼはずっと後にはっきり意識することになる。

6　リザ・ハイゼからリルケへ

一九一九年大晦日、Ｈ

「長く滞ることもあるでしょうが、繰り返しここに戻って」[1]──この暗い日々にこの言葉を頼りにしております。時々、先生がそばにいてくださったらというわたしの切迫した必死の願いが先生にも伝わるかと思いますが、どうかこれはわたしの孤独のせいだと思って大目に見てください。住まいを変えることのつらさは、しばしば耐え難く思われます。ミヒャエルと一緒に長い午後を、この物置じみた部屋の細長い床に坐って、積み木で遊んでいます。そしていつも家と庭と教会広場を作っています。子供は何度も「神様が全部片付けちゃった」とべそをかき、わたしの手を握って「おうちに帰ろうよ」と言います。

まるでわたしたちと人々をつなぐ橋が架かっていないような気がいたします。わたしたちは孤立し、その場しのぎで、まるで大海の中を板一枚で漂っているように暮らしています。あらゆるものが滑って世界の重心がずれてしまいました。裏切った人だけのせいではないのです。すべての人々との関係がおかしいのです。広く明るい場所へつながる扉はどこにもありません。すべてを放棄して、ここから旅に出てしまうこともできるはずなのに。でも異国の星空や雪景色は、故郷のものよりも心安らぐものなのでしょうか？

　こんな時、他人の人生のように意識の底にすでに眠っていた幼年時代のぼんやりとした記憶が再び目を覚まします。わたしは幼年時代と青春時代の前半を病院の敷地で暮らしていました。[2]家と老木だらけの庭園、噴水、明るい花壇、草むす庭、ロマンチックな廃屋じみた小さな建物。こうした舞台だけではありません。遊び友達は体の弱い弟[3]以外は、重い病気の子たちか回復期の子たちだけでした。みんなシャイだけど親切で真面目で、自分の病気の深刻さを静かに大きな目と態度に込めていました。自分が健康であることは、不当な、気の滅入る特権のようで恥ずかしく、正義のためにしばしばそれを放棄したいと思っていました。あの子たちの目から、わたしに対する羨望が伺えなかったでしょうか？　わたしは「いつもいい子でいよう」と誓ったのでした。自分がいつでも常に健康でいられるのは、「神様がきっとなにか特別なことをわたしに望んでいるからだ」ということ以外には考え付かなかったのです。そしてこの特別なことが、自分に耐えられないものにならないようにと、神様と取引するようになりました。神様がわたしに対して慈悲深くしてくださるようにと先払いで功徳を積みました。願いが叶うことを諦め、大好きなおもちゃを手放し、できる限りのやり方で禁欲生活を送りました。

　大きな病室の開いた窓からは、四六時中同じセンチメンタルな歌が嘆くように鳴り、叫び声が響き、啜り泣きやうめき声がかすかに聞こえてきました。大きな声でなくても、壁を通して滲み出てくるのでした。

　アカシアの老木の下でブランコに揺られる長い午後、嵐の秋の日々、そんな中で不機嫌そうな牧師が前を歩くだけの、覆いのない貧者用の棺が門から運び出されていきました。冬の夕べには、地下の霊安室で休む死者たちを起こさないように、そっとピアノの練習をしたものでした。人気（ひとけ）のない部屋へ忍び込み、奇怪なものが入ったガラス容器の前に長いこと佇んだり、精神科病棟の覗き穴を覗いたり、廃棄物の中に切断された手足を発見したり、解剖室の窓からこっそり中を見たりしました。父の石のように硬い声がすると、どこか隅っこへ隠れたものでしたし、母はといえばいつも忙しく、他の多くの母親のように子供を理解してくれませんでした。子供が一人で耐えながら隠していることを、大人たちは想像することができないのです！　わたしはあらゆるものによって孤立状態に追い詰められていきましたが、孤立していても、どんなものも自分自身の秘密の生命を持つものです。泣く理由に事欠くことはなく――わたしは泣いてばかりいました。

　この世界は、動物の咆哮と人間の喚き声、石炭酸消毒剤の臭い、血液、疾患、死の舞踏が悪意を持って混ざり合い、お蔭でわたしはすぐに世界の安定性など全く信じられなくなりました。しっかり意識したわけではないのですが、予感というよりはもっとはっきりと社会のひどい不正を感じていました。わたしを憂鬱にさせていたのは健康という特権だけではありませんでした。わたしの着ているもの、外見的な清潔さ、当たり前のように毎日食べているということがわたしを圧迫していたのです。ブリキのお椀でスープを啜る乞食たちの前を通る時には、いつも良心の呵責に苦しみました——少なくとも彼らが坐っている階段の段を踏まないようにとても気をつけました。ある時など、少なくとも小さな女の子なら三人が並んで通れるぐらいのスペースが空いていたのに、わたしが通りやすいようにと、一人がわざわざ一番隅に移動してくれて、わたしにはそれがとんでもなくひどいことに思え、慌てて逃げ帰ったこともありました。

1　2番のリルケの手紙の最後を参照。

2　ハイゼの父はエシュヴェーゲで病院の住み込み管理人をしていて、家族の住まいは地下霊安室の上にあった。

3　ハイゼは弟カールを可愛がった。しかし母親はこうこぼしていたという。「上の娘は芸術家熱に取り憑かれ、2番目の子はおつむが足りなくて、我が家は不幸なうちなのよ。」

この手紙は明らかに最後の部分が欠けている。もっとも、先に書いたようにハイゼの手紙では、最初の呼びかけの言葉や結びの言葉が欠けており、他にも発表を控えた部分がありそうである。

先の手紙で家を売らなければならないと告げたハイゼだったが、とりあえず売ったお金が入り、おそらく同じホーフガイスマールの町で狭い住まいを見つけたようである。

ここで病院の敷地内で過ごした子供時代の思い出が語られているとともに、最後の方では社会正義の意識の高さも見られる。敗戦後の彼女は社会民主党の機関誌を定期購読し、非合法で販売されていたアナーキズム雑誌も読んでいた。この点、敗戦後にミュンヘンで創刊準備中の社会主義的な教員向け雑誌の刊行に賛同し、協力する準備があったリルケとの共通点も見られる。

さてリルケは先に書いたような一連の講演朗読会を終えた後、一二月の半ばから二ヶ月半ほどロカルノのペンションに住んでいる。次の手紙はそこからのものである。

7　リルケからリザ・ハイゼへ

一九二〇年一月一九日　スイス、ロカルノ（テッシン州）、ペンション・ヴィラ・ムラルト

　奥様、これはほとんど手紙になっておりません。ただ、奥様のご様子が気がかりでお尋ねするだけのものです。九月二八日のお手紙はたくさんの不確かな変化を暗示しながら終わっていて、その後もお便りがないので、[1]ひょっとしてなにかお困りごとが起きているのではないかと思われてなりません。安心させてくださるお知らせをいただけるとありがたいのですが。

　私が手紙を差し上げなかったことに関してですが、それを無関心や忘却の結果だとお取りくださらないよう最初にお願い申し上げておきます。私はこのところずっと、手紙の筆を取ることすらぞっとする硬直状態にあります。普段から環境の変化とその影響に左右されやすいので、規則正しくできないのかもしれません。これは心から願っていることですが、いつか自分の仕事と精神集中を促してくれるものがすべて揃った気に入った場所が見つかったら、

この点に関しても、きっと心を入れ替えてもっと仕事のできる、信頼できる人間になれるかもしれません。目下のところは、そこからまだだいぶ遠いところにいます。戦争のお蔭で陥った不幸な、しばしば根無草のような仮住まい生活はまだしばらく終わりそうにありません。私はいつも**枝の上にいます。しかもそれは枯れた枝で私を支えられそうにないのです。**[2]——あなたの最後のお手紙が届いたちょうどその時も、私はソリオの避難所をもう離れねばならなかったのです。[3]こうして不安定なホテル住まいが始まりましたが、そうなるといつでも手紙を書くことができなくなるのです。それは一つにはホテルというものが、たとえいわゆる一流ホテルでも、なにかを書くのに適した場所を提供してくれないからです。せいぜい出張セールスマン向きなのです。あるいはまた、ホテルではいつでもたくさんの人と個人的なつながりができて話をする機会が増え、そうしたことに労力がみんな割かれてしまうのです。それに加えて五週間の間一種の旅回りで忙しくなりました。公開の朗読会をするために町から町へと移動しなければならなかったのです。お察しいただけると思いますが、こういう状況ではおのずと人と話す機会が増えるものです。このようなことをお話ししたのは、私の事情をお伝えしてあなたを煩わせようというのではありません。こんなことはできるだけすぐに忘れてください。そうではなく、ちょっと言い訳をしたかったのです。というのも、あなたがあのように動揺なさっていた日々に、私がお声をかけていれば喜んでくださったかもしれないと思うからです。けれども、もしかしたらあの時期はとても活動的で、たくさんの決断をし、行動力を発揮していて、私が手紙を出していたとしても、大した影響はなかったかもしれませんね。でも、私が一番知りたいことはこれかもしれません、あなたと小さな息子さんはどこかにお住まいを見つけることができたでしょうか？　しばしばそれが気になっております。特にクリスマスごろには度々そのことを思いました。あなたはお手紙で最後に生徒さんたちのことについてお書きになっていましたが、なにを教えていらっしゃるのかをお知らせいただいていません。新しいお住まいに移られてからも教えていらっしゃるのでしょうか、ご成果はいかがでしょう？　きっと楽しくやっておられますよね？　古い静かなお家を手放すことで、あなたはどれほど辛い思いをしたことでしょう。それは故郷もなく家もない苦しさを身に染みて感じている私にはよくわかります。私にとっても、あの恐ろしい戦争の年月にもし変わることのない、信頼できる物たちに守られて過ごすことができていたら、私にとって、どんなに違ったものになっていたことでしょう。[4]

　あの長いお手紙にあった「質問」[5]ですが――そうです、奥様、どこから始めたらよろしいでしょう？　大切なのはいつでも「全体」で見ることではないでしょうか。しかし、全体で見るのは、時として幸福な気分で高揚したりもっと純粋な意志の力がほとばしるときには、心の中でうまくできることがあっても、現実にはさまざまな錯誤や過失や力不足や、人間同士に悪意が介入したり、気持ちが沈んだりぼんやりして、――いや、日々起こるほぼすべてのことによって、ばらばらにされてしまいます。

愛の瞬間も、私たちはあれほど完全に深く自分だけの独自のものだと感じているのに、個人を飛び越えて、未来によって（生まれてくる子供によって）、また逆に考えれば過去によって完全に決められているのかもしれないと考えるのは恐ろしいことです。しかしそうなったとしても、この愛の瞬間には、まだ相変わらず、言葉にできないほど深いところに、個人の独自なものへ通じる抜け穴が残されているのかもしれません。そう考えることが私には納得いくように思えます。これは、最も深い愛の陶酔の計り知れない存在が、どれも時間的な長さや経過とは無関係だという実体験と一致するのではないでしょうか。実際、愛の陶酔は生の進行方向に対して垂直に立っています。同じように死もその進行方向に垂直に立っています。愛の陶酔は、私たちの生きていく上でのどんな目標や運動よりも死と共通するものがあります。死から見ることだけが（死を消滅することだとみなすのではなく、私たちを完全に凌駕する強烈な力だと考えれば）、死から見ることだけが愛を正しく見ることになるのだと思えるのです。しかしここでも至る所で、この愛と死の偉大な力についての通俗的な理解が私たちを迷わせ、邪魔してくるのです。旧来のやり方にはもう人を導く力は無くなり、枯れ枝と化していて、もはやその根は養分を吸い上げる力はありません。さらに、男の側は集中力が足りなかったり、注意力が散漫だったり、せっかちだったりしますし、女性はめったにない幸福な関係にあるときだけしか深く与える立場になることはなく、また仲違いして動揺している両親のそばで、いつでも子供がすでに次に来る者となって、親たちを乗り越えながら、しかしまた同じように途方に暮れることになるのを考えると――そうです、私たちの生は本当に辛いということを、謙虚に認めなければならないでしょう。

今後も、手紙のやり取りを通じて、わたしたちの間で話題となったことをすべて真心込めて深めてまいりましょう。

ライナー・マリア・リルケ

1　前年の一二月半ばにロカルノのペンション・ムラルトに落ち着くまで、リルケはスイス各所を転々としていたので、6番のハイゼの大晦日の日付のある手紙は次々と転送されて、まだこの時点ではリルケの手元まで届いていないのだろう。

2　ゴシックのところは原文ではフランス語。

3　ソリオを離れたのは九月二一日。

4　一九〇五年以来、パリを拠点にしていたリルケだったが、一九一四年の第一次大戦が始まった時はたまたまドイツに戻っていた。そのためパリに置いてあった所有物は敵性国民のものとして没収され、多くが競売にかけられ散逸した。わずかにトランク二つ分の所有物を手に戻すことができたのは一九二五年のことである。

5　5番の手紙の中盤（三〇頁）にある「わたしたちは成熟するためには孤独に生き、苦痛にさいなまれなければならないのでしょうか?」で始まる一連の問いかけのこと。

5番のハイゼの手紙の、愛し合ったはずの男女が理解し合えないことへの嘆きに対して、リルケは「全体」で見ることの重要性を述べている。はなはだつかみどころのない表現だが、これはリルケ最後の手紙にも出てくる。リルケには人間の意識（解釈すること）のもとで対立しているもの（例えば幸と不幸や生と死のように肯定的・否定的に解釈されるもの）を全一的に見るべきだという考えがある。そんなことが可能なのかと言われれば、「もっと純粋な意志」のもとで、つまり日常的な様々な欲望や愛憎から離れ、自己の存在を純粋に見ようとする意志のもとでなら、「心の中ではうまくできることがあっても、現実には」難しい。

続けてリルケは、ここで愛そのものの自立性を強調する。自分独自のものだと思っている愛が、過去の様々な経験（場合によっては他の愛も含むかもしれない）や、子供が生まれるかもしれない未来によってあらかじめ「完全に決められているのかもしれないと考えるのは恐ろしいこと」だとあるのも、愛の自立性、自己完結性という点から見て「恐ろしい」のである。愛の陶酔の瞬間は、死と同じように時の流れの中で時間を超越して（「生の進行方向に対して垂直に立って」）「私たちを完全に凌駕する強烈な力」なのに、男女ともそれが見えていない。それゆえ、「私たちの生は本当に辛い」のである。

8　リザ・ハイゼからリルケへ

一九二〇年一月二九日、H

先生のお手紙はいつも心が強く揺さぶられる時を与えてくださいます。特に前回のお手紙は、長い間待ち焦がれていましたし、すでに何日も前から寝ても覚めても予感がしておりました。そうした確信があったので、わたしは郵便局へ行って尋ね――そしてそれを受け取ったのです！

「事情をお話しいただいてわたしを煩わせて」[1]くださったことに、心より感謝いたします。先生のご信頼に胸が高鳴り、この間の長い沈黙もわたしたちの関係に悪影響を及ぼさなかったことがわかりました。でも正直に申せば先生には楽しいことだけをお伝えいただきたかった。先生がどのような内的外的理由でご自分の願いを実現させることができないのかは存じ上げませんが、わたしは先生がご自分の人生をご自分のメロディー通りに生きることができ、手にすることのできる幸せはすべてご自分のものになるのだと信じていたかったので、そうではないというのは悲しゅうございます。わたしはと言えば、わたしの事情を、それもあまりにも個人的な事情をお伝えして先生を煩わせること以外なにもしてきませんでした。それもとても饒舌でしたので、もし普段の日常生活を寡黙に過ごすことでバランスを取っていなかったら、とても自分に我慢がならなくなったことでしょう。先生のお手紙はわたしのために、なんと多くの嬉しい慰めを語ってくださることでしょう！　なんと慈悲深いことでしょう。どうかこれ以上甘やかさないでくださいとお願いしたいくらいです。わたしのこれからの人生は厳しいものになるでしょうし、耐えられる以上の厳しい労苦を求められるのでしょう。わたしはいつでも受け身になりがちなのですが、どこかに安らぎや安心があるかもしれないなどと考えて気を散らせてはいけないのです。最初から負けるとわかっているこの戦いで、かなうことがほぼないのに、はっきりと意識された願いを抱え続ければさらに苦しむことになるのでしょう。これまで行ってきたことはすべて生きることの不安を常に感じながら追い立てられ、限りない苦労の末に達成されたものです。しかし、ひょっとしたらここにも、それを生のアクセサリーとして満足するのではなく、無条件の完全なものにしたいという意思があるのかもしれません。しかし、武器を持たずに戦場に立つ人はめったにいません。そして今――この前の経験によって落ち込んでいるときに――子供に対する責任すべてを請け負いながら目の前の生きるための戦いのことを考えると恐ろしくなります。しかもわたしはなにも学んで来ませんでした。目下、再び幾人かに音楽のレッスンをし、刺繍を仕上げています。小さな土地を持ってなにか園芸作業ができれば、と願っていたのですがそれも無理なようです。ミヒャエルには生活と成長のための故郷となる場が必要です。この子はまだ毎日、「おうちに帰ろうよ。お部屋にまだ大きな鈴はあるかな、太った蜂さんはいるかな？」と訴えます。そんな時は、もっと素敵な新しい家や、花が咲きミツバチが飛び交い、野いちごのなる庭のことを話して宥めてやっています。すると「それからお日様が明るくなって」と晴れ晴れとした顔で言うのです、「それからパパも帰ってきたら――」と。

　朗読会のことを伺ってびっくりいたしました。そのような催しに出席できたらとは思っても、先生の、他ならぬ先生の詩を他の人たちと一緒に聞くことははばかられるように思われます。多くの人に向かって読み上げられる時、詩の最も固有なものが消えてしまうのではないでしょうか？　いくつかの詩については、踊りで再現できないかと思ったことがありました。でも、時とともにそういう表現はほとんど意味がなくなり、つまらなくなってしまいました。

　この間にわたしがソリオへ送った手紙[2]が届いたかもしれません。わたしはあらゆる思いと願いを込めて先生のおそばにおります。

1　7番の手紙（四一頁）の文言参照。
2　6番の手紙の事。

ハイゼは自分のこの先の人生の厳しい見通しを語っている。途中「最初から負けるとわかっている」戦いという言葉も出てくる。むろん夫も家も失った彼女が、安らぎや安心を求めつつも得られそうにない自らの運命との戦いと考えるのが自然だろう。しかし考えすぎかもしれないが、ここにこの頃のハイゼの具体的な事情が見えるような気もする。彼女は一九一九年の夏に離婚するのだが、その際夫は弁護士を連れて現れ、彼女の方に離婚の責任があるとする書類に署名させた。後になって彼女はその署名を撤回しようと訴えたが、かえって法律的に不利になり、結局夫は子供の養育費の支払い義務を逃れることができたのである。「子供に対する責任すべてを請け負いながら」という少しあとの文言にも、この事情が表れているような気がする。むろん、仮にそうだとしても、リルケにはそれは伝わらなかっただろうが。しかし息子のせりふから、ハイゼが夫と別れたことは理解しただろう。このあとリルケはハイゼに「奥様」という呼びかけはしなくなる。

9　リザ・ハイゼからリルケへ

一九二〇年一〇月一日、H

この数ヶ月、わたしは実につまらない空虚な日々を送っております。そして先生とお話をしたいという願いが強くなりもう抑えきれなくなくなりました。

先生に新しい人生が始まったことをお知らせできるようになりたいと、いつも願ってきましたが、それが実現するのはもう少し先のようです。それでももうすでに自分がやりたいことはわかっています。こんな実に簡単なことでも、なんと遠回りをしなければならないことでしょう！　わたしはいくらかの土地を得て、そこで仕事をしたいのです。まだ考えているだけでなにも進んではおりませんけれども。今ここで、世間から離れ、完全に一人ぼっちで、しかも子供がいることでいろいろ不利な状況で、自力で別の暮らしを立てることはほとんど不可能に思われます。ほかにも、いろいろ変わることのリスクが怖いのです。わたしにとってふさわしいはずの所へ連れて行ってくれる誰かが現れればよいのですが！　そういう所なら全力でつかまえて守りたいと思っているのですが。しかし絶対来るはずのない奇跡を待つよりも、今は希薄になっている生きるエネルギーをすべて集中させることが大切です。

だってわたしは若いのです！　わたしの人生はこのような形でしか現れない運命なのでしょうか？　焦る気持ちもありますが、わたしの中にはもっと他の運命へ向かう余地があるはずです。

わたしはひとりぼっちです。そのことをしっかり自覚しなければなりません。もう今は、過去ばかりを考えている時ではありません。終わってしまったことを想って疼(うず)き出す痛みを、一瞬といえども感じているときではないのです。そういいながら今、すべてをなくし、一人で立っているのです。わたしの家族が、どんな時にも与えてくれた生活の安心感の基準は、常に必要最低限の基準だと思ってきました。それが実際にはどの程度だったのかは、実家を強引に飛び出したあとになってやっとわかったのでした。* 生きるための戦いはすぐに想像を絶する厳しさで始まり、心理的にも外見上も惨めになり、もうそれをどうすることもできないのでした。少しでも自分らしいやり方で生活費を得ようとしても全くうまくいかず、――無謀ともいえる努力を重ねたのち――ある農場で使用人になりました。他の人たちがやりたがらないあらゆる仕事をしました。それも特別なひたむきさで。食事は下女たちと一緒に囲み、寝床も分け合いました。このような屈辱に自分が人生不適格者であると感じさせられ、愛する人に対してそれを恥じたのでした。すべては必然的に起きたのです。そしてそれはわたしのせいではありません。愛する人がしたことも必然的だったのです。それぞれが自分自身の規則を求め、最後までみんなが内緒にしていたことは、誰もが助けを求めているということでした。

今は自分の土地とそこでの仕事のことを想像して楽しんでいます。全力を挙げた結果が残り、効果を及ぼし続ける仕事です。それを成し遂げられるはずの、ふるさとになる場所が楽しみで仕方ありません。ふるさとと呼べるものがないのは、今も昔も最悪のことです。ふるさとがあれば、日々は再び色鮮やかになり、夜々は安らぎに満ちるでしょう。今年は自分の庭がなくて寂しがっているミヒャエルも喜ぶと思います。あの子はいつも土を小さな袋に詰めてこっそり部屋に持ち込み、机や椅子の上で農園ごっこをしているのです。床板の継ぎ目に野菜の葉っぱを押し込み、花やラディッシュができるだけすぐに育つよう、神様に一所懸命お願いしているのです。午後は親子で村から出て草原で過ごしています。そこでモグラが掘り返した山にミニチュアガーデンを作るのですが、往々にして、わたしたちのうちどちらがこの作業により夢中になっているのかわからないほどです。

＊　すでに述べたように、ハイゼは二十一歳の時にほぼ家出と言える形で実家を離れている。

前の手紙から八ヶ月ぶりに書かれたこの手紙の最後は、どことなく明るい兆しが感じられないだろうか？「わたしにとってふさわしいはずの所へ連れて行ってくれる誰かが現れればよいのですが！」と書いたハイゼだったが、その願いはかなう。この頃、テクラ・ムラート（一八八三～一九七三）という女性が、ヴァイマール近郊のティーフルトで農園業に一緒に取り組んでくれる女性を募集する求人広告を新聞に出した。すでに一月の手紙で園芸への希望を語っていた（四九頁）ハイゼは、それに応じたのである。のちのハイゼの回想記『ティーフルトの日々』では、ムラートはティラ・バーナードという仮名で出てきて、こんなふうに書かれている。「どの方向へ進むかがはっきりした時に、ちょうど園芸家のティラ・バーナードと出会えたのは、わたしの生涯の中でひとつの運命だったように思われる。」

二人の出会いがいつなのか、正確な日付はわからないが、「ティーフルトの日日」では六月初めに初めて会ったと書かれているし、12番の一九二一年六月のハイゼの手紙の中でも一年目が終わったとあるので、この手紙が書かれた時点ではすでに会っていて、一緒に農業に励むことを決断していたのではないかと思われる。

一方リルケは一九二〇年一〇月は相変わらずスイス各地を転々としているが、この月後半でパリへ一週間ではあったが旅行することができた。このパリ旅行はリルケにとってかなり大きなことだった。戦前パリを拠点にしていたリルケにとって、戦争で「無惨に断ち切られた」（一九二〇年一〇月二四日、ファニー・クラフェル宛）ところから、自分の人生をもう一度始め直さなければならないという気持ちがあった。この旅行については多くの人に成功だったという手紙を書いている。

パリからスイスに戻ったあと、すぐにチューリヒ近郊のベルクの館を冬の間借りることができた。ここにリルケはよく気の利く住み込みの家政婦と二人だけで住む。しかも折から近くの村では家畜の口蹄疫が流行っていて、ほぼ外出禁止状態になる。一一月の終わりには、戦後初めての創作のインスピレーションに襲われて、『C・W・伯爵の遺稿から』という詩群が短期間のうちに次々と書かれる。

同時に、ここでは滞っていた手紙書きにも追われている。一二月だけで七〇通以上の手紙を書いているのである。リルケは返事を書かなければならない手紙のリストをノートに書き出していた。そこには当然リザ・ハイゼの名前も載っていたことだろうが、なかなか手がまわらなかったのだろう。別の女性に宛てた手紙では、リルケは次のように書いているが、これはハイゼにも言いたかったことだろう。

「私がしばらくの間お便りを差し上げなかったとしても、ご理解いただきたいと思います。そして、わたしの沈黙がどんなに長くとも、私の変わることのない友情の思いをご存知のあなたなら、それをお許しくださることもわかっております。」(一九二二年一一月一六日　F・シュテックリン宛)

10　リザ・ハイゼからリルケへ

一九二一年二月一四日、W[1]

完全に満足できる新生活を始めたことをお伝えするために――先生だけがご関心を寄せてくださるという確信を持って――今日また手紙を書いています。もしかしたら少しだけ喜んでいただけるかもしれません。でもそんな期待は余計なことかもしれませんね。先生から長い間お手紙をいただけないのが残念です。

もしかしたら、もっと早くお伝えするべきだったのかもしれません。目下、ここであらゆるものに圧倒されながら、最後のチャンスとばかりに人々やさまざまな物事に改めて取り組んでいるところです。今はこの状態も生活していく上でのさまざまな偶然や条件に左右されるし、特にわたしのありかた次第だということはわきまえております。わたしの力はわずかなのに、不安な魂が求めるものは大きいのですから。これから先、まだどれだけ多くの不安や、どれだけ多くの満たされぬ生活が襲ってくることでしょう！

しかし今日、幸福な夏のような高揚感を感じたあとで、わたしは幸せだと言えます。ここは――適切に準備されて――誰もが目標とする素晴らしく健全なところです。わずかですが土地と小さな家が見つかったのです。ヴァイマールの野原にあるとても寂しいところです。広々として遮るもののない自然が再び当たり前のものになりました。わたしは一人の婦人[2]と知り合い――この出会いが奇跡のような贈り物でした――友人になり、同居することになりました。彼女はわたしと子供に愛情と理解をもって接してくれて、一緒に農芸作業をすることで日々絆が深まっています。こうしてわたしたちは小さな一つの家族のようになりました。ミヒャエルは豊かな太陽と空気の中ですくすくと成長しています。確かに遊び友達もなく、わたしたち大人の中で全く一人ぼっちで育っていますが、いつもいそいそと楽しそうにしています。

同居の友人は十歳も年上なのですが、いつも平静で明るい気性で、わたしの足りないところをこれ以上ないほどカバーしてくれます。わたしたちの関係では彼女の方が従属的でわたしに合わせてくれます。このように晴々しい気持ちでいることにはとても大きな満足感がありますが、相手にとってはこのような関係はなにか重荷になったり窮屈な思いをさせるかもしれないと思い始めています。ですから、しばしば、この充実した時は最終的なものではなく、ただ一時的なゴールに過ぎないような気がするのです。わたしの運命の形はおそらく永遠に探し続けることなのでしょう。しかし、それはまた同時に、最後の最後に壊れることのない安心できるものがあることを保証してくれているのではないでしょうか？　わたしが孤独であるからこそ先生にお手紙を書く権利が与えられているのであれば、この手紙は長い人生にとって最後の手紙になるでしょう。今後はお手紙が届かなくても、それはわたしの人生に対して先生が同意してくださっているのだと考えることにいたします。この人生にはたくさんのことが起こるでしょうけれど、先生はそれを認めてくださるでしょう。

1　この手紙から発信地がWになる。ハイゼはヴァイマール近郊のティーフルトへ転居したのである。
2　テクラ・ムラートは長年園芸および野菜の栽培に関する教員を務めていた。教員を辞して独立するために、一緒に農芸作業をしてくれる仲間を求めたのである。のちに造園家エルヴィン・ブルスケと結婚し、戦中戦後を通じて農芸活動を続ける。長年に渡りハイゼの親しい友人だった。

リザ・ハイゼと、十歳年上のテクラ・ムラートの生活は大変だった。借りた家は写真（七七頁参照）で見ると立派に見えるが、夏場のためのもので、電気はもちろん水道もなかった。先に挙げた『ティーフルトの日々』によれば、「ウサギやキツネがおやすみなさいと挨拶を交わすような野っ原」で隣家までもかなりの距

離があった。そこは「開墾されてない粘土のような土で、なにも植えてない、日陰のない」二モルゲン（モルゲンは昔の地積単位。一モルゲンは地域差はあるがほぼ九〇〇坪、サッカー場より少し小さいぐらいに相当する）の土地だった。このあと12番の手紙にも書かれるが、最悪なのは水場が全くなかったことである。川はあったが、畑より三〇メートルも低いところを流れていて、バケツの水を持って登ることがほぼ不可能なほどの急斜面だった。生活用水は近くの井戸から汲んでくることができたが、農芸作業のための水は雨水桶頼みだったのである。

だが、女性二人でやっていることがうわさになり、バウハウスの校長で有名な建築家のヴァルター・グロピウス（一八八三〜一九六九）やダンサーのグレート・パルッカ（一九〇二〜一九九三）らが見学に訪れた。バウハウスは第一次大戦後にヴァイマールで興された工芸や美術、建築に関する総合的な教育施設で、モダニズムを牽引し大きな影響力を発揮したが一九三三年にナチスによって閉鎖させられた。ムラートはここで造園と野菜栽培を教えていたのである。

この間にリルケはチューリヒ近郊のベルクの館を冬の間借りて、多くの手紙でも語られているように、仕事をするための条件は整ったと喜ぶのであるが、新たな恋人バラディーヌ・クロソウスカ（一八八一〜一九六九）（通称メルリーヌ）に振り

郵 便 は が き

〒101-0064

東京都千代田区
神田猿楽町2-5-9
青野ビル

（株）**未知谷** 行

ふりがな ご芳名 E-mail	お齢 男
ご住所 〒 Tel. - -	
ご職業	ご購読新聞・雑誌

愛読者カード

ご購読ありがとうございます。誠にお手数とは存じますが、
アンケートにご協力下さい。貴方様の貴重なご意見ご感想を
賜わり、今後の出版活動の資料として活用させて頂きます。

本書の書名

お買い上げ書店名

本書の刊行をどのようにしてお知りになりましたか?

書店で見て　　広告を見て　　書評を見て　　知人の紹介　　その他

本書についてのご感想をお聞かせ下さい。

ご希望の方には新刊書のご案内をさせて頂きます。　　要　　不要

通信欄(ご注文も承ります)

回される。また相変わらずこの時期になっても手紙の量に驚かされる。自らほぼ一月で一一五通書いたと言っているが、それは誇張ではない。それ以外に、ほぼ毎日のように、メルリーヌに手紙を書き続ける。その中には明らかにハイゼの事を念頭にしたと思われる言葉も書かれている。彼は、たくさんの人々が「こんなにも途方に暮れているこの私から」「救いや助言を待っている」と言い、彼らが勘違いをしていることはわかっているが、「私の経験の若干を――私の久しい孤独のいくつかの果実を、この人たちに伝えたい」と言ったあとに続けて、「自分の家庭の中ですら恐ろしいほど見捨てられている婦人たちや少女たち」に「なんと言ってあげればいいのでしょう。どのようにしたら彼女らの絶望した心を引き立て、彼女らの歪んだ意思を整えてやれるでしょうか」と嘆いている(一九二〇年一二月一六日)。

さて、前のハイゼの手紙では、孤独な者しかリルケに手紙を書く権利はない(つまり自分は孤独ではなくなったという喜びの言葉でもあったわけである)のかと自問していたが、リルケはハイゼに以前の孤独の時に感じたことを忘れないようにと、技巧を凝らした比喩で助言を送る。

11　リルケからリザ・ハイゼへ

一九二一年三月七日　スイス、チューリヒ州、イルヒェル、ベルク館

時として仰々しく断言するよりも小さな事実の方が物事をよりはっきりさせてくれることがあります。あなたのお手紙が届いたとき、私はすぐに住所録を開いて、あなたの新しいお住まいを丁寧に書き写しました。[1] この事実があなたのことをずっと気にかけていたことを証明してくれると良いのですが。もちろん、綺麗にお名前を書き込んだことも申すまでもありません、それも無意識のうちに。というのも、書いている手にも「完全に満たされた新生活」の場所を書き記す喜びが感じられないはずはありませんから。

まず、あなたの美しいお手紙は容易に理解できるものではないことを最初に申し述べておきたく存じます。しかし、そう申しては正しくないかもしれません。理解しているということ、理解できたということをあなたにお伝えするのが難しいだけなのです。なぜなら、今あなたがご自身の体験からお話しくださっていることすべてを断言できるのは、あなたお一人

だけなのですから。他の人がどんなに慎重にわかったと請けあったところで、あてどなく変容する状況のうちのある一瞬にあなたをつなぎ止めてしまい、この新しい境遇を、あらゆる方向に向けて無意識のうちに検討しようとする自由を妨げてしまうでしょう。孤独な人にならもっといろいろ言葉をかけても良いでしょう。というのも他の人の意見は、孤独な人間が普段ならあまりに茫漠としていて関わろうとしない世界に目印をつけて、ある程度はっきりさせてくれるからです――しかし人や土地との幸福な相互作用の中にいる人なら、生活空間はさまざまな現実に満たされているのです。そういう人は一つの発見にしがみついたり、次の発見の準備をしたりしてはならないのでしょう。そういう人の活動は孤独な人のものとは対極にあり、遠心的であり、そこで働く引力は予測がつかないものです。[2]

こういうわけで私がきちんと理解したと言うのは相応しくないのですが、新たな体験をお伝えくださった一語一語に特別な喜びを感じたことをお伝えしても、あなたのお邪魔になると案ずる必要はないでしょう。――ところで、あなたを受け入れてくれたものは、当然来るべくして来たのです。しかもそれが実に惜しみなくそれ自身最高に豊かな形で達成されたのですから、あなたがそれを必要としていただけではなく、最も完全な形でそれを受けるにふさわしい方だったことも明らかです。ああ、しかし、孤独感だけでなくあらゆる慣れ親しんだものからの別れがあなたを苛（さいな）んでいた時、あなたをお慰めできる言葉を持ち合わせていれば良かったのですが。今ならそういう言葉をおかけすることはとても簡単なのに。何事も思い通りの幸せな境遇にある時には、自己をより深く、より真面目に認識することは、滅多にできるものではありません。そういうとき、大抵の人はそれまでの孤独から得られたものが陰鬱な錯誤のように思えるものです。今の幸せに目が眩（くら）んで、自分の内なる現実の輪郭を忘れたり否定してしまうのです。しかしあなたの場合そのご覚悟はもっと徹底していました。あなたはその間に認識したものをなに一つ捨てることはなかった。いや、それどころか今こそ本当に、ご自分の苦境と孤立の時に得られた洞察はすべて、それを受け入れることで光を発し、言葉にすることでそれを照り返して大きく輝いて、あなたの中心に現れているように思われます――そしてこれによってようやくあなたの幸福はその正真正銘の正当性を、その保証を、その深い安心を得るわけです（そうなれば、あなたはその中でやっとご自分を「壊れることのないもの」として認識できるのです）。大抵の人が深刻すぎると思った持参金を、あなたは澄み渡った新しい環境に、力強く誠実に携えてきたのですから。

　このような大きな喜びとともに、お便りからはさらにいくらかの小さな喜びを感じました。ミヒャエル君も一時は以前のお庭がなくなって悲しかったでしょうが、今はそれも報われましたね――はろばろと先を急ぐ季節の移り行きを、庭仕事をしながら追いかけていくことは、皆さんにとってもどんなにか嬉しいことでありましょう。

私のことを申せば、私はベルクという古い小さな館に、たった一人で住んでおります。静かな窓の前には庭園が広がり、そこには噴水があります。スイスに来て以来、私の内部で仕事を再び始めるために必要としていた隠遁所が今やっと見つかったのです。しかし、これほど好都合な条件が整ったのに、仕事が始まるのはまだ長くかかり、ちっとも捗(はかど)らないでいます。

ライナー・マリア・リルケ

1　残されているリルケの住所録には確かにハイゼのヴァイマールの住所が書き加えられている。
2　この段落で語られているのは、これまでの孤独なハイゼではなく、新たに一つの共同体を作った、もう孤独ではないハイゼに対するリルケの対し方を一般化して述べている。孤独なハイゼになら別の言い方でその孤独の状況に意見を述べ、「世界に目印をつけて、ある程度はっきりさせ」なければならないが、今はしっかりした助言を与えられない（「予測がつかない」）と考えたのだろう。

孤独で不安な生活を送っていたハイゼは、友を得て孤独ではなくなった。これまで孤独な者としてのハイゼにむけて助言を行ってきたリルケは、孤独ではなくなった者としてのハイゼに対してもリルケらしい助言を送る。そうした孤独から

孤独ではない状態に立った「大抵の人はそれまでの孤独から得られたものが陰鬱な錯誤のように思え」、「今の幸せに目が眩んで、自分の内なる現実の輪郭を忘れたり否定してしまう」ものだが、ハイゼは「苦境と孤立の時に得られた洞察」をその新しい、ポジティブで輝かしく受け入れられた状況の中心におこうとしている、とリルケは励ます。「持参金」という比喩が使われているが、実家から結婚生活へ持っていく貴重なものという意味で、以前の孤独な生活で得られた貴重な洞察をムラートとの共同生活で活用するようにと言うのである。

「仕事を再び始めるために必要としていた隠遁所」がやっと見つかったと喜んだリルケだったが、そのベルクの館では手紙書きに忙殺される。だが、先にも書いたように二〇年の一一月末には一〇篇からなる『C・W・伯爵の遺稿から』という一連の詩が生まれた。さらに一一篇からなるその第二部が翌年三月から四月にかけて一気に書かれた。しかしリルケが最も願っていたのは、一九一二年以来断続的に書かれてきたのに、戦争で中断して以降書き続けることができなくなっていた『ドゥイノの悲歌』の再開と完成だった。それを考えれば、この『C・W・伯爵の遺稿から』はリルケ自身も出来に不満を持っていたようであるし、仕事が「ちっとも捗らない」と嘆くのもいたしかたないことだった。

そうこうするうちにリルケはベルクの館を五月一〇日に退去しなければならなくなり、またしてもスイス各地を転々とすることになる。結局ベルクの館で、リルケが期待していたような天啓は降りてこなかった。

一方「完全に満たされた生活」を見つけたリザ・ハイゼだったが、農場で育てた花と野菜をヴァイマールの市場で販売することになる。しかし同業者たちのように大声を出して売り捌（さば）くことに、当初はあまり順応できなかったようである。そして、なによりその収穫だけで三人が生活するには無理があった。結局ハイゼのピアノのレッスンとムラートの植物学の授業という副業（七五頁註3参照）、バウハウスの学生への部屋の転貸で生活費を補うことになる。

12　リザ・ハイゼからリルケへ

一九二一年六月一五日、W

ご親切なお手紙に感謝の気持ちをお伝えするためには、今わたしにできる限度をさらに著しく越えたものをすべてかき集めなければならないでしょう。仮にそれができたとしても、言うべきことはどれもむしろ沈黙の中でお伝えするべきなのかもしれません。それにもかかわらず言葉にしようとすれば感謝の気持ちが込み上げ、改めてもう一度先生のおそばに伺わねばという思いが強く迫ってまいります。

この広々とした開放的な日々に、先生の優しい言葉で甘やかされて、さらに一層の輝かしい充実感を感じました。先生のような方がいらっしゃるということを意識することは素晴らしいことであるとともに驚きでもあり、とても本当のことだと信じられない気持ちです。先生が今静かで素敵なお家に住み、もう流浪の旅をしなくても良いことを知って、わたしも本当に安心しました。[1] でも、先生のおそばにいられるためには——先生の周りにある品々の一つのようにお役に立ちながらも静かにしているためには、子供にでもならなければ無理なのでしょう。

　この何日かでここでの大変な一年目が終わりました。仕事や心配事、しなければならないことや愛情に満ちた一年でした。わたしは多くのことを学び、一分たりとも無駄に過ごすことはありませんでした。日々は毎日が同じ姿で過ぎていきましたが、同じであっても高揚感に満ちていました。この夏も同じものを約束してくれています。ときとして自分の力が及ばないのではないか、体力がもたなくなるのではないかと不安になることもあります。わたしたちは夜明けから夕方遅くまで働いています。二モルゲンの耕地は女二人だけで作業するには広すぎるのかもしれません。しかし同時に、頼まれたわけでもない仕事で、これほどたくさんの喜びを感じることもほとんどないことでしょう。わたしたちの庭園は草も木も生えていない日陰のない更地で、これぞ畑地とでも言うべきものです。ただ、この借地をいつまで借りられるのかわかりませんし、なによりも水不足なので、いずれにせよ自分たちの最終的な土地を探さなければなりません。農作業のために川から水を運ぶのはほとんど無理なので、完全に雨水に頼らざるを得ません。しかしこれまでわたしたちは、水がどれほど貴重かを知っていたでしょうか、雨水桶がいっぱいになることがこんなに嬉しいことだと思ったことがあるでしょうか！　わたしたちは快適さをほとんど求めず、たくさんの外的な心配を抱えながら生活していますが、すべては物事の根源に近いところで行うこの仕事が贖ってくれます。過去の辛かったことさえ姿を変え、徐々に穏やかになります。経験してきたことすべてが空中に浮かぶ不気味な一文字のようで、今その意味を苦労しながら探っています。[2] このような状況でも、わたしがこのわたしであることをとても幸せだと感じています。心理的にも外部の事情もいつ変わるかわからないのにこのように大胆に言えるのは、自分の満足のためには、もはやこのように好都合で幸運な状況を、結局はそれほど急いで必要としていないという自覚があるからです。わたしは人生の暖かさや良いところを感謝とともに享受し、おかげで自分が不幸だったときよりも広い人生観を持つようになりました。我が子を見ていると生きる実感が間近に直接伝わってきます。今日、ミヒャエルは四歳の誕生日を迎えます。わたしはこの子からたくさんのことを学びましたし、わたしの最も大切な願いはこの子のことです。

1 この時すでにリルケはベルクの館を出たあとである。
2 旧約聖書ダニエル書5章の連想か？ いずれにしてもここで使われている用語は旧約聖書のイメージである。

この手紙が発送された頃、リルケはレマン湖畔のエトワの元修道士会所属の古い館だった宿泊施設に滞在してほぼ一ヶ月たち、恋人のメルリーヌ（バラディーヌ・クロソウスカ）との恋が燃え上がっていて、自らの詩作への集中を求めて、それとどう折り合いをつけるかを苦しんでいる時である。そして新たな宿泊地を求めているところでもある。一月ほど後のある手紙では六月のこの頃のことを「さまざまな困難の始まりの時期」（七月二五日のマリー・フォン・トゥルン・ウント・タクシス＝ホーエンローエ侯爵夫人（以下タクシス侯爵夫人と記す）宛）と回想している。そして相変わらず手紙を書くことに忙殺されている。このハイゼからの手紙が届く二週間ほど前には、一日に一四通ものほとんどどれも長い手紙を書いているのである。

13　リザ・ハイゼからリルケへ

一九二二年一二月一九日

仕事が多すぎて身体も疲れ切り、自分のための孤独な時間も取れず、とても手紙を書ける状態にありませんでした――ずっとこの時のために準備していましたのに。

野外での作業はたしかに負担が大きく危険もないわけではありません。友人たちにとっては冒険や、それどころかスポーツをしているように見えるかもしれません。しかしわたしたちにとっては全力で守るべき現実なのです。迷いが生じることもあります。この目で「達成したこと」を見ることができるのだろうか、と。わたしには――外で世界が燃えているこの時に[1]――もっと別のやるべきことがあるのではないかと思うのです。[2]なにも無駄に取り逃がしたくないのですが。ここで見つけた単純な生活の中で、多くのことが達成されました。この土地のために、わたしたちはまだ日々の生活の中で戦っています。どれほど一所懸命仕事をしても、そして求めるものがどれほどつましいものであっても、農作業だけでは三人の人間の生きる糧を与えてはくれません。達成したものを守るために、わたしは再びあるところで音楽のレッスンを引き受けなければなりませんでした。[3]

　秋には数日間旅行にでました。初めてベルリンへ行き、さらに北ドイツと海を見ました。人と石が集まったこの都市は圧倒的で、不可解でもありました。人々の活動のリズムは熱に浮かされたようで、もしかしたら刺激的と言えるのかも知れませんが、打ち解けないものでした。ある夕方、ヴァイオリンコンサートへ行こうとしてシュレージエン駅[4]のあたりを通ったことがありました。粗暴な憎しみ、ここに住まざるを得ない人々の憤懣、悪徳、悲惨、苦痛、それがわたしの中でなにか形あるもののように凝縮され、これらすべてを打ち砕き、徹底的に破壊せよと高圧的に要求してきました。このような印象を抱えていたのに、ヴァイオリンの純粋な輝きはほとんどこの世のものとも思えないものでした。この二つをつなぐものがなにもなく、突然わたしはどうしようもなくなって泣きました。

　それから海を見ました。何度も繰り返し海に行きました。海をどうにかして我が物にしたい、なんらかの方法で自分の一部にしたいと強く思ったのです。しかしわたしには閉ざされたままでした。自己充足し、自己に没頭している海には入り込む余地がなく、その大きな無関心を打ち破ることはできませんでした。遠くのものは近く、近くのものは謎めき、謎めいているものは単純に感じられました。旅人のわたしには海岸の縁までが限界で、自分が闖入者のように思えました。しかし、わたしの人生になにか新しいものが入り込んだのです。海から遠く離れてだいぶ経ったあとにも、まだあの無限のものを見ているように感じました。そしてわたしの最も愛する三つのもの、空と木々と耕された土の三つにもう一つ大切なものが増えました。過去の記憶もまた変化しました。思い出すことが稀になり、もう好きではないのです。わたしは長く生き、たくさんの経験をするでしょう——そしてこれからやってくる日々には辛いこともたくさん潜んでいることでしょう。でも、わたしは自分だけの力を手に入れました。より大きな勇気と自信を持つようになりました。大変なこと、不可能と思われることに対する覚悟もあります——しかし、些細なことでもうまく処理できないこともわきまえています。

不躾ではございますが、わたしの手紙が先生のご迷惑にならないことを願っております。お元気でお過ごしでいらっしゃるでしょうか？　先生の孤独なクリスマスのこと思い浮かべております。図々しくも勝手にお送りする小さな写真が、お寂しさを少しでも和らげることができましたら幸せに存じます。

このようにまたしても、あまりにも個人的なことばかり書き連ねて、先生を困らせてしまったことをお許しください。先生に良きことがあるようにと願いつつ、思いは先生のおそばにあります。

1　第一次大戦の敗北後、ドイツはドイツ革命によって帝政を終わらせ、リベラルな勢力によってヴァイマール共和国が成立するが、一九二〇年三月には極右勢力によるカップ一揆が起き、国内は左右の対立が激しくなる。ヴァイマール政府要人の暗殺事件も多発している。

2　ここでハイゼが匂わせているのは政治的な活動のことであろう。その意味はリルケにも伝わっただろうと思われる。

3　ヴァイマールの女子寄宿学校でピアノを教えることになったのである。一方テクラ・ムラートも女子職業学校で植物学の授業を持っていた。

4　現在のベルリン・オスト駅。

この間にリルケは、7番の手紙で願っていた「自分の仕事と精神集中を促してくれるものがすべて揃った気に入った場所」（四〇頁）を見つけている。終の住処となるミュゾットの館である。次の手紙が書かれる頃、リルケは毎日の膨大な量の手紙書きを制限して、天啓が訪れるのを待とうとし始めている。

14　リルケからリザ・ハイゼへ

一九二一年一二月二七日　ヴァレー州、シエールのミュゾットの館

このたびは、まことにあなたらしいご配慮のおかげで、知らず知らずのうちに高まっていたクリスマスへの期待感が正しかったことを教えていただきました。お手紙はクリスマスイヴに届きました。最も素晴らしかったのは、お手紙のすべてがクリスマスというあの独特の静かな時に完全に相応しいものであり、その雰囲気を全般的に高めてくれたことでした。お話しくださったことすべてがそうでした。そうです（あれ以来私はよく自分に問うているのですが）、それがどれほどすごいことかおわかりになるでしょうか？　これらのご奮闘と友情の年月が、後々（生活がどのような形を取ろうとも）この世に生きる人間の最良のものとしてあなたに残り続けることを、本当に予感しておいででしょうか？　ああ、どうか信じてください、それはすごいことなのです。しっかりと手応えがある仕事に取り組み、それとつながり、そして同時に愛情を持って理解し合える同志的友情が常に信じられ、そしてまた、

作物の成長が確かなお手本となって、お子様が遊びの中ですくすくと成長なさっている。それはおよそ人に与えられうる最高のことなのです。もし納得していただくのにそれでは不十分だとおっしゃるのなら、あなたが見据える目の純粋さがあなたのお気持ちの強さ、優しさ、圧倒的な正しさを証明してくれるはずです。だって、あなたは節度のない都会のすぐあとにヴァイオリンの節度ある音楽を——そしてそのあとで節度を越えた海を体験なさったではありませんか。こうしたことはすべて、人間の世界をつかの間通りすぎる天使[1]が経験するものなのでしょう！——こうしたことをすべてはっきりと申し上げるのは、あのお手紙がどれほどクリスマスに相応しいものであったかを、あなたにわかっていただきたいからにほかなりません。と申しますのも、あなたの体験されたことを角度が変わった深い鏡に写してもう一度お見せすることでしか[2]、あなたの美しいお心遣いに対して十分感謝するすべはないでしょうから。お書きになったことを「あまりにも個人的なこ

ハイゼとムラートとミヒャエル、友人たち

と」だと決めつけてはいけません。あとほんの一歩で、それもまた極めて普遍的なもの、最後に当てはまるもの、人生の土台となるものになるでしょう。つまり、人生の原色[3]に迫り、そして最後には、その原色がすべて尽きることなく解け合う無限の光に迫ることになるのです。

いただいた小さなお写真も、決してあのお手紙を「あまりにも個人的なこと」にはしておりません。お写真を通して皆様がたに、そして皆様がたが育てているたくさんの花々に見つめられているのがとても嬉しく、写っているすべてのものに私のことをきちんと知ってもらえるように、行儀良く静かにしておりました。そちらで皆様がたは土地と格闘なさっているわけですが、それは花のように柔軟で悪意なく手向かってくる、なにかヤコブの闘い[4]のようなものになっているのではないでしょうか⁉　お写真を拝見していると、まだあまり人の住んでいない地域の広大な土地を思い浮かべるのですが、比較的人口密度の高いヴァイマールのあたりで、そのような土地をどうやって見つけられたのでしょう？——今、あなたは日々の生活の中で、空と木と耕地というこれまでのあなたの三大元素の本質に慣れ親しまれているわけです。それらはなかなか心を開かないのに、開いた時には手荒いものでしょう。しかし、内面世界のために、今またさらに海という四つ目の次元を体験なさったわけで、これによりあなたの人生はほとんど絶妙なバランスを得るのではないでしょうか？

さあ、これであなたのお手紙がどれほど共感を引き起こし、どれほどの喜びをもたらしたかがお分かりでしょう——そして私の手紙でそれを改めて意識していただければ、クリスマスと年号の変わり目の間で、なにかとなおざりにされがちな新年の玄関の間に、この手紙が置いてあっても場違いではないでしょう。このように考えることで、新年のお祝いを表すことにならないでしょうか。余計なことですが、この仕事部屋で夢見心地で越冬中の赤地に黒い星のある「幸運のてんとう虫」を一匹便箋に這わせておきます。[5]

最後に私のことをお話しさせてください。住所が変わったことにお気づきでしょう。ありがたいことにひと冬の間私を守ってくれた素敵なベルクの館でしたが、五月に立ち去らなければならなくなりました。またしても全くの宙ぶらりん状態を前に、非常に不安な心持ちでおりました。仕事のためにベルクに閉じ籠ったのに、その仕事が半歩も前に進まなかったのですから。こうして、来るべき冬について途方に暮れ、ひどく心配しながらこの夏を過ごしたのです。この冬は去年と同じように、静かで孤独に匿まわれて過ごせるはずだったのに。でも、そのような境遇をどのようにして見つけられるのでしょう——（あなたもおっしゃるように）「世界が燃えている」のです。ですから、いっときはスイスを離れなければならないかとも思われました——[6]そうなれば私の根無草的放浪生活が完全に身についてしまっていたかもしれません——もしこの国を出てしまっていたら「どこへ行こう」と迷いながら、ますますさまざまな勘違いに幽霊のようにつきまとわれたでしょうから。ただ、できるだけ盛大に別れを告げて納得しようとヴァレー地方へ、最も壮麗な（観念上、ほとんどスイスとは言えない）州（カントン）へ旅してみました[7]――ここは、一年前に初めて見つけたのですが、改めてあの失われてしまった開かれた世界を呼び戻してくれたところでした。激しさがある一方で、言いようのない優美さもある風景に、プロヴァンスを思い出しました、いやそれどころかスペインでのある出来事すら思い浮かべました[8]……ここで実に奇妙な偶然により、何世紀も前から定住者のなかった領主の館を見つけました。そしてそこから長期に渡り、この堅牢な古い塔を手に入れようと格闘し、そして最後にはこの塔そのものと戦うことになりました[9]。この戦いは、私が今実際に住んで、冬ごもりするようになったので、なんとか勝利と言える結果で終わりました（とは申しても、まだそれほど経っていませんが）。ミュゾットを「手なずける」のは簡単なことではありませんでした――あるスイスの友人[10]が援助してくれなかったら、実用上のさまざまな困難によって、完全に征服することはまたしてもできなかったことでしょう。ご覧の通り、私の住まいは（家政婦はおりますが、もちろん私は完全に一人で住んでいます）あなたのお住まいほど大きくありません。同封した小さな写真は、もちろん、今日の状態を完全には示していません。撮影されたのは一九〇〇年より前に違いありません。その頃に所有者が変わって、この古い館は徹底的な改修が施されましたが、幸いにもそれほ

ミュゾットの館

ど大きな変更はなく、損なわれたところもありませんでした。要するに老朽化の進行をくい止めただけです。それに小さな庭園が付け加えられました。それは館の石壁の周りに行儀良く並べられて馴染んでいます。私にとっていちばんの嬉しい驚きは、室内に一六五六年の年号の入った、いかにもこの国らしい凍石の暖炉があったことでした。他にも同じ時代の梁天井や、非常に素晴らしい細工の、きれいに年古（としふ）りた机や長持や椅子があり、これらもすべて誉高い一七世紀の日付が見えます。――これは（子供の頃から自分がそうだったのですが、いろいろな物が年月に耐え、代々受け継がれていくことを大切に思いがちな人間には）いずれにせよ、たいしたことでしょう。しかもそこにローヌ渓谷の広々とした風景が、盛大に気前よく付け加えられるのです。丘陵と山々、城塞や礼拝

堂、あるべき場所で一本一本が感嘆符のように堂々と立つポプラの木々、絹のリボンが揺らめくように、葡萄畑の斜面を囲むいくつもの優美な小道があり、子供の時に見て、初めて世界の広さと自由さ、世界に対する憧れを感じたいくつかの風景画を思い出します。

こうしたものすべてが、あなたの眼差しのなかにあれば（と今思いました）なんと素晴らしいことでしょう、あなたにこそ見ていただきたいと思います。

これをもってあなたへの挨拶といたします。

ライナー・マリア・リルケ

1　天使のヴィジョンはこの一ヶ月あまりあとに再開される『ドゥイノの悲歌』のなかで繰り返し現われる。リルケはスイスに来て以来、常に、戦争によって中断してしまったこの長大な詩篇の完成を願い続けていて、ミュゾットの館でいよいよ、この冬がその勝負の時だと考え、助走状態に入っている。ちなみに、『ドゥイノの悲歌』の天使は神と人を仲介する旧約・新約聖書の天使とは無縁である。そこでは、天使は「開かれた空間」とか「空間」とか「広さ」、「自由な空間」など、さまざまな言い方がされた世界、人間的な意味づけとは切り離された、生も死も含んだ（生も死も肯定した）「全体で見ること」（四二頁）が大切な「全一的融和の世界」と、「人間界」の間を自由に行き来できる、人間とは隔絶した存在として描かれている。この手紙の天使も「人間の世界をつかの間通りすぎる」ものとして、そうしたイメージで語られている。

2　ハイゼの体験したことをリルケがもう一度言葉で再現すること（鏡に写すこと）によって、ハイゼに自分の体験の意味を深めてもらいたいということ。

3　人生を構成する要素、例えば誕生、出会い、愛憎、死などを原色という比喩で表しているのだろう。この後に出てくる「無限の光」も『ドゥイノの悲歌』の「開かれた空間」に通じるイメージである。

4　旧約聖書の創世記32章にあるエピソード。ヤコブは天使と一晩格闘し続け、負けなかったことで祝福される。

5　てんとう虫は幸運を運ぶ虫とされている。二日後に書かれた別の手紙でも、同じように室内で越冬しているてんとう虫が便箋の上を這っていったことを良いしるしと受け取るように語っている（ルー・アンドレアス＝サロメ宛）。

6　六月から七月にかけてタクシス侯爵夫人からボヘミアの館への招待を受けて、気持ちがかなり傾いた。また、別の知り合いからはオーストリアのケルンテンに来るよう誘われた。ケルンテンはリルケ家の先祖が住んでいたところで、リルケにとっては心動く誘いであった。

7　少しまぎらわしいが、この「開かれた世界」は前の註にある「開かれた空間」という観念的なものではなく、戦争前の「国家」など意識しないで済んだ自由な世界、特にパリでの生活のことを言っている。この頃の他の手紙でもくりかえし使われている言葉である。

8　リルケはさまざまな手紙で、このヴァレー州をかつて訪れた南仏プロヴァンスやスペインを思わせると言っている。

9　この館は長期にわたって空き家状態だったために、七月末にここに転居後も改築修繕等の職人の出入りが頻繁にあり、一二月初めにやっと普通の生活が送れる状態になったのである。

10　スイスへ来てから知り合いになった裕福な輸入業経営者のヴェルナー・ラインハルトのこと。彼がミュゾットの館の賃貸料を支払い、十ヶ月後にはこの館を買い取ってリルケに自由に使わせてくれたのである。

このあと、一九二二年二月、ついにリルケは自ら「嵐」と名付けるような創作の霊感に打たれる。しかもその嵐の波状攻撃に、食事すら忘れるほどの没頭ぶりだった。突如、二日から五日までの四日間で『オルフォイスに寄せるソネット』第一部の二五篇が書かれると、一九一二年以来ほとんど中断状態だった『ドゥイノの悲歌』の第七歌と第八歌が七日から九日の三日間で書かれ、またほぼ一〇年放置されていた第九歌と、同じころに始められ、戦争が始まる前まで書き継がれていた第六歌が完成する。さらに二日後の一一日にも、同様に戦前に書き継がれていた第一〇歌が第一節を除いて全面的に書き換えられて完成し、その日の晩にタクシス侯爵夫人に、『ドゥイノの悲歌』の完成を伝える感動的な手紙が書かれる。

「ついに、

侯爵夫人、
ついに、恵まれた日が、――わたしの見るかぎり――あなたに
悲歌
が完成したことをお知らせできる恵まれた日が来たのです。
一〇篇です！
最後の長大な悲歌（かつてドゥイノで書き始めた『いつの日か恐るべき認識の果てで／歓喜と称讃を、うべなう天使らにむけて、高らかに歌えんことを』で始まる）この最後の長大な悲歌、当時からすでにこれを最後に置こうと決めていたのです――この悲歌が――まだわたしの手は震えています！
今ちょうど、一一日土曜日の夕方六時に完成したのです！――」

だが、それで終わらない。一三日から二三日までの一一日間で『オルフォイスに寄せるソネット』第二部の二九篇と、五番目の「悲歌」も書き直される。むしろんその他に多くの断片や完成したもののどちらにも入れられなかったものも多数ある。単純に数だけで示せば二月二日から二三日の三週間ほどの間にいくつかの断片を含め八〇篇以上の詩が書かれたのである。

さて、ハイゼはリルケの鏡の比喩を的確に読み取り、リルケの「嵐」が過ぎたあとに（まるでそれを知っていたかのようなタイミングで）次のように返信している。

15 リザ・ハイゼからリルケへ

一九二二年四月六日

ご親切なお手紙をいただいて以来、先生をお慕いし感謝の念に満ちた毎日を送ってまいりました。先生のお言葉はわたしの思いを歌にしてくださいます。「角度が変わった深い鏡」が映してくださった自分を受け取り、自分という存在を、縁（ふち）まで先生で満たされた貴重なうつわのように感じております。

ミュゾットの館はすでに我が家にいるような慎ましやかな気持ちを感じさせてくれていますでしょうか？　そちらの風景の驚くほどの多様さと美しさは、きっと先生にふさわしいものでしょう。お伝えくださいました美しさへの深い喜びを、わたしも一緒に感じさせていただきます。添えていただいたお写真で、子供の時、雨の日曜日でしたか、それとも病後の回復期でしたか、古い本でみた理想の風景を思い出しました。特にミヒャエルを通して、幼年時代の意味に通じる道が再び開かれた今、なにかを再び見つけたかのように感動いたしました。この小さな息子には本当に感謝しなければなりません。子だくさんの母親になって初めて、人生はより豊かになるに違いありませんし、子供たちの一人が人生へ出ていくときになっても、より楽に耐えられるのでしょう。往々にしてエゴイスティックな「所有欲」が混じるだけの愛は、十分なものではないと知らなければなりません。心配し責任を感じることや、小さな命を痛みから守ることはたいしたことではありません。常に自由に遊ばせ、自分自身へと導いてやることでしか、本当の「所有」は叶わないのでしょう。

ミヒャエルは本当の子供です。気性に純粋さと柔軟さがあり、その心の強さは人を幸せにするとともに、ここで動物や植物と触れ合うことで、日々高められています。この子にこうした環境を与えたのは正解でした。この子にとってもこれらの年月は生きていく上で大きな意味を持つことでしょう。

貧しさが以前よりも暗い影を生活に投げかけています。すべての作業が無意味に思える時もあります。この嫌な思いが幽霊のように現れるので、鋤（すき）を投げ捨て、腕を伸ばしてそれを阻止しなければなりません。

わたしたちは厳しい冬を耐えてこなければなりませんでした。寒さと水不足で、工夫をこらして体力の限りを尽くした戦いを強いられました。なにしろ水がないのです。食事は何週間も雪を溶かして作りました。夜になれば吐息が凍って枕や毛布に氷のかさぶたができます。

雪に閉じ込められて、吹き溜まった雪を掘り返さなければ町まで行けないこともありました。家が軽いので、嵐の時は家具ごと一緒に揺れ、暗い冬の夜には無駄に不安な気持ちを抱えて苦しみました。しかし朝早く、誰もいない一面の白銀の世界に出てみれば、東の森の上空にはオレンジの光の花が咲き誇り、鉄橋の高いアーチの上には、今はぽつんと満ちつつある月が架かって、この瞬間に完全に魅了されてしまいます。

でも、いままた庭園での作業が始まり、新しい朝が来るのが楽しみでなりません。写真でわたしたちの育てている花々について少しだけ知っていただけたので、もっとたくさんお話ししたくてたまりません。晩になると枯れてしまうのに、朝になればお祝いのように新たに花を咲かせるヒナゲシの花壇。夜になると黒い肌の人たちの目のように開く白いタバコの花。風の中で揺れて大きな弧を描くゼニアオイの花。視線を否応なく下へ向けさせるヒエンソウの青い色。これらの花々は苦しい時を大きく息をつめてやり過ごし、そこにそれぞれの季節のとても深い記憶を映し出しています。その香りはすぐにまたわたしたちの荒れ野を満たすでしょう、どこよりもいっぱいに、そしていつまでも。ここには人間の経験とは違うもっと深い安心があります。人間が経験するのはしばしばただのゲームで落ち着かないものですから。よく夕方の一時間ほど、これらの花々に会いにいくように先生のもとへ伺えたら良いのにと思います。

厚かましい長文の手紙をお許しください。今回も図々しくも突然お便りいたしますが、寛大なお心でそれを、ご親切に受け取ってくださると信じながら、わたしは生きてまいります。

――――

大仕事の後の虚脱状態のなか、三月に入ってリルケはミュゾットの館の庭に大量のバラを植える。次のリルケの手紙はそれを話題にしながら、巧みに『ドゥイノの悲歌』と『オルフォイスに寄せるソネット』の完成を伝える。

16　リルケからリザ・ハイゼへ

一九二二年五月一九日　ヴァレー州、シエールのミュゾットの館

あなたの美しい心の声の響くお手紙、あれを頂いたのは四月のことでした！　しかしあなたは、あのお手紙が私に語りかける力を、なんとみくびっておられたことでしょう。あなたはお手紙の最後に、それを「親切に」受け取って欲しいと願っておられましたね。真実に近づくためには「喜んで」と言うべきだったのです。しかもこの「喜んで」をとても大きくお書きになるべきでした。どれほど良いことをお知らせくださったのか、お話しくださったことがどれほど素晴らしいことなのかを、あなたは本当におわかりになっているのでしょうか？　おそらくあなたは、ときどき現実という純粋な固い金属に突き当たるのを感じられるでしょう。しかし、そのように誠実にしっかりとそれにぶつかっているのですから、ここにいる私にも、突き当たった時の音が鐘の響きのように聞こえてきます。そして空間を漂うその音が朗々と響き渡るのを感じております。

あなたの過ごされた実に大変な、容赦のない冬は、その厳しさの中で、一種の凍結した楽しさだったに違いありません。純粋で力強い未来の氷塊も今は溶けて（と願っております）、春に向かって音を立てて流れよせていることでしょう。今は私たちの庭同士がお互いに挨拶を交わしていますね。私の庭では（もちろん私には実地での経験もなく、要領がわからないので、自分ではほとんど手を出しませんが）一〇〇本以上のバラを植えました。私にできることは毎夕の水やり作業ぐらいなのですが――これはあまり変化のある仕事ではありません。水を公平にやることぐらいです。しかし、ひょっとしたらなにごともニュアンスが大切ですから、よく考えて注意深く世話すれば、花々はなんでも受け入れてくれますからこうしてそっと注いだ水で、控えめであっても、花々の成長になにか自分独自のものを注ぎ込むことができるかもしれません。

私が驚かされ心を打たれるのは、あなたの力強く臨機応変な力です。最も困難な環境にあっても、あなたはその力で着実にご自分の土地に立ち向かっておられます。私はといえば、そのための手腕が欠けているし、効率的な行動もできません。ときどき試みては見るのですが、どうも慌ててしまいます。園芸にとって、急いだり慌てることぐらい相容れないものがあるでしょうか？　しかし精神的な作業からそのような手仕事に移ることは、なんという喜びと清々しさをもたらしてくれるのでしょう。もしどちらの仕事でも技術と確実性と経験と心構えがあれば、つまり一言で言って能力があれば、お互いに学び合い、それぞれの仕事で成果を引き出すことができるでしょう。多分私は、内面的な園芸で満足しなければならないでしょう。そしてもうひとつの園芸は、ちょうどあなたの花々や手紙（両方とも同じ思いから生まれたものです）を注意深く眺めるのと同じように、できるだけ深く見守っていくでしょう。

この冬、私の内面的な園芸は素晴らしいものになりました。深く耕された私の土地が突然再び晴れやかに意識されて、精神の素晴らしい季節が恵まれ、久しく忘れていた心の強烈なひらめきが生まれました。私にとってなによりも大切な仕事（一九一二年に壮大な孤独のうちに始められ、一九一四年以降はほとんど完全に中断していたものです）[1]を再開することができました――力が限りなく湧き出て、完成させることができたのです。――それと並んで、もう一つささやかな仕事が生まれました。思いもよらず、傍流のように五十篇以上のソネットができたのです。オルフォイスに寄せるソネットと名付けました。若くして亡くなったある少女のための墓碑銘として書かれたものです。[2]（そこから七篇をあなたのために小さなノートに書き写しましたので、同封いたします。）もしこの書き写したものがもっと多ければ、あるいはもう一方の長い主要な作品をお見せすることができれば、いくつもの点で、私たちの冬の成果がお互いにどれほど似ているか、お気づきになるでしょう。あなたはどんな瞬間にも内面的な生活がすでに満たされ、ありあまるほど豊かであることをお書きになっていますし、(正しく眺めさえすれば) のちになくなって消えてしまうかもしれないものをすべてあらかじめ凌駕し、いわば否定する、そんな所有についてお書きになっています[3]——まさしくそれを、わたしはこの長い冬に仕事に没頭しながら、これまで以上に決定的に体験しました。人生はのちにどれほど困窮しようとも、その限度をはるかに越えた豊かさによって、もうとっくに先取りされているのです——ですからなにを恐れる必要があるのでしょう?——恐れるとしたら、それを忘れてしまうことだけです! しかし私たちの周りにも、私たちの中にも、思い出すことを手伝ってくれるものがどれほど、たくさんあることでしょう。

ライナー・マリア・リルケ

1　一九一二年一月二一日、タクシス侯爵夫人に招かれたアドリア海沿いの崖の上に建つドゥイノの館の戸外で、リルケは強風に吹かれながら物思いに耽っていた。その時突然「たとえ私が叫んだとて、天使らの序列から誰が聞いてくれようか」という『ドゥイノの悲歌』の第一歌の冒頭の詩句を語る声が聞こえた。彼はいぶかりながら手にしていたノートにこれを書き記した。タクシス侯爵夫人が伝える有名なエピソードである。その後一月足らずの間にこの第一の悲歌と第二の悲歌が書かれ、一年後には第三悲歌が、さらに戦争が始まった後の一九一五年一一月に第四悲歌が書かれるが、それ以降はミュゾットに来るまで断片的草稿と数行の詩句以外六年以上も何も書けなかった。

ドゥイノの館

2　『オルフォイスに寄せるソネット』の献辞は「ヴェーラ・オウカマ・クノープのための墓碑として書かれた」とある。彼女は古くからの知り合いの娘で、舞踏家だったが十九歳で亡くなった。一月一日に、リルケは彼女の母親から彼女の病気と死についての手記の写しを受け取っている。

当初リルケはこの詩集を『ドゥイノの悲歌』のついでにできたものと考えていたようだが、しばらくすると悲歌を補完する重要な詩群であることを自覚する。ただ、難解であることは自覚していて、幾つもの手紙で、自分の解説を交えた朗読を聞いてもらえればと言っている。また、実際にそうして人に朗読してみて、自分自身が改めてこの詩群の意味を理解したとも語っている。

3　15番のハイゼの手紙の最初のところで、彼女は「自分という存在を、縁まで先生で満たされた貴重なうつわのように感じております」と述べている。またそれに続けて、ミヒャエルについて、「『所有欲』が混じるだけの愛」を否定し、子どもへの愛情とは「常に自由に遊ばせ、自分自身へと導いて」やろうとすることだと述べている。ハイゼがどれほど意識していたかはわからないが、これはリルケが、たとえば『マルテの手記』の中で繰り返した「所有なき愛」と通じるものである。この正しい態度があれば、ハイゼはどんな困難も乗り越えることができるとリルケは励ましている。そして、同時にリルケ自身の内面が満たされたことと、人であれ物であれ愛しながら所有しないという態度が『ドゥイノの悲歌』の誕生に通じたと考えているのだろう。

ハイゼからの返事はすぐに届く。まず最初の数段落はリルケが写しを送った七篇のソネットに対する感謝だろう。残念ながらそれがどのソネットだったのかはわからない。そして彼女はリルケが庭に植えたバラに反応する。

17　リザ・ハイゼからリルケへ

一九二二年五月二八日　W

たとえご返事を差し上げて、そこで感謝の言葉を述べることができても、言葉にならないもので魂をいっぱいにしてくださったことに対して、到底見合うものにはならないでしょう。お手紙をいただいてからの日々は眠っていないのに夢を見ているようです。若かった時の得も言われぬ日々のように、この春は大変華やかにやってきました。しかし、人生を果実が実るかのように感じることができるようになれば、歳をとることは素晴らしいことです。

先生はいつでも新たに、慈しみ溢れるお心遣いで、なんと心を揺さぶってくださることでしょう！　まるで見慣れた日常から高く引き上げられたように感じられ、わが身が恥ずかしくて思わず仕事や日々の些細な物事の背後に身を隠したくなります。自分を保つのに苦労します。

書き物をするために、ランプを持って庭へ出てきました。夜は静かです。広い野原で全く一人ぼっち、周りにあるのは遠い景色だけです。わたしに触れるものすべてが、先生への想いを膨らませ、心は日々と種まきと陽光とともに成長していきます。今、先生のバラが花開いたのがわかります――そして、長い間蕾のままためらっていた先生のお歌も開花したのですね。どのようなお歌なのか、楽しみです。

ミヒャエルが生まれた頃、H[1]の小さな庭で自生のバラが家の周りに初めて花をつけたことがありました。紺色の家壁には似合わない、冷ややかな白い「ドルシキ」と血のように赤い「マッカーサー」[2]が一輪ずつでした。それらが人知れず枯れたことで、わたしたちの間の交換が行われたのですね。[3]それはお互いに補いあったかのようでした。

先生がバラをお植えになったということは、ミュゾットのお館というお気に入りの、もしかしたら終（つい）の住処（すみか）を見つけられたということですね。わたしにとってもこれ以上の喜びはありえません。

夕方、野原を散歩した時、小さな四葉のクローバーを見つけました。そこで、先生が健康で、その地に長くいられますようお願いいたしました。

1　ホーフガイスマールのこと。

2　ドルシキもマッカーサーもバラの品種名。

3　前のリルケの手紙の中の「私たちの庭同士がお互いに挨拶を交わしていますね」という表現を受けての言葉であろう。「枯れた」という言葉に、ホーフガイスマールでの彼女の結婚生活が不幸だったことの暗示が見られる。そしてその頃、彼女はリルケに最初の手紙を書いたのである。

ドイツの状況は左右の対立がますます激化し、六月にはリルケとも親交があったユダヤ系文人政治家で復興大臣のヴァルター・ラーテナウが暗殺されている。リルケはラーテナウが暗殺されるほぼ一年前に大臣就任を祝う手紙を送っていた。また暗殺直後には彼の妹にお悔みの手紙を送っている。

一九二三年に入るとすぐに、ヴェルサイユ条約で決められた賠償金の支払いが履行されていないことを理由に、フランスとベルギーの軍隊がドイツ西北部のヨーロッパ最大の炭鉱があるルール地方に進駐する。これに対しドイツ政府は「受け身の抵抗」で応えた。占領軍への協力拒否である。同時にドイツ国内のフランスに対する憎悪感情が高まったことはいうまでもない。

次のハイゼの手紙の冒頭部分は、このような時代の雰囲気をよく表している。

18　リザ・ハイゼからリルケへ

一九二三年一月三〇日　W

先生にお手紙を差し上げることができるのが嬉しく、おかげで昨今の長期にわたる重苦しさも忘れられます。そして今日、またお手紙を差し上げることになったのは——冬枯れてみすぼらしいこの庭のようで、先生に出すのに相応しい手紙ではないのですが——どうか、差し迫った必要性に迫られてのこととしてお許しいただきたく存じます。

世界をひとつの影が覆っております。もうどれほど経つでしょう、これからどれほど続くのでしょう？　なにか恐ろしいことが密かに進行していくような気配と、突然暴力的な転覆が起きるのではないかという不安で神経が昂（たかぶ）り、その緊張のなかで燃え尽きて灰になってしまいそうです。時代のふたが割れて開き、みんながゆっくりと巻き込まれていくようです。すでに昼の間は、わたしの考えることの半分はもはやわたしのものではなく、夜になれば熱っぽい幻影でいっぱいになります。考えても考えても、受け入れ難いこと以外なにも思いつきません。

叫びたくなりますが、叫び声以外なにも出ないでしょう。人間が持っている他の能力はどれも壊れてしまったかのようです。この一〇年近くを、日々こうしたすべてのことに耐えてきたのです。でも、もし本当に苦しんでいるのだとすれば、もうすでに何千回も死んでいなければならなかったはずではないでしょうか？　この深い苦しみがわたしたちの人生を、あるいは他の人たちの人生をなにも変えられないのだとしたら、誠実であれなどと要求されるいわれはありません。自分にも責任があるからというだけで、その苦しみに耐えているのでしょうか？　そして心の奥深くで、どうしてもそうせざるを得なかったのだと言い訳して、それで気が楽になるのでしょうか？　ですが、人々が苦しんでいるのを目の当たりにしながら、さらにそれに拍車をかけるような世情に対して、そんな言い訳で逃げて良いはずはありません。自分の非力さ無能さを思い知らされ、精神的に混乱して、死が「人生の最も穏やかなかたち」であるかのように思えることもあります。わたしは穏やかなものに飢えているのです。現実世界の向こう側へ行きたいという願いは、しばしば抗い難いものになります。

まだ、わたしたちはここで、孤島にいるように暮らしています。わたしたちの最大の財産は無欲だということですが、もちろんそれもかなり危なかしいものでした。わたしたちの信念と自由を諦めなければ、もう乗り越えて行けそうもありません。わたしたちの理想のためにまだできることは、このような消極策しかないのでしょうか？　自分の力を切り売りして、社会の没落を早めることになるものを支えるよりは、あらがい続けて、自分の意思を持ったまま滅んだほうがましです。

　夏からずっと、わたしたちを脅かしていた困難はすべて克服した、とお伝えできることを願っていたのですが、身勝手な地主のせいで、秋にはわたしたちの小さな土地が取り上げられてしまいます。三年も手をかけてやっと庭らしくなったというのに。今のような情勢でなければ、これもそれほど悪いことではなかったのかもしれません。わたしたちも喜んで、また最初から始めたことでしょう。しかし、何ヶ月も一所懸命に探したのですが、適切な場所は今に至るまで見つからず、混沌とした世情のため、新しい生活を営むための努力はすべて失敗に終わっています。完全な無に向き合っているのです。そしてこれをまぬがれようとすると、計画はどれも非常に冒険じみたものになります。友人は一〇歳も年上なのですが、わたしなどよりずっと勇敢で、アルゼンチンへ行くことに大変乗り気なのです。しかしわたしにはミヒャエルもいるので、海外移住を考えるのはとても難しいことです。この子の人生のためになら命を賭けることも厭わないつもりですが、――今そのためにどうすべきかを思うと途方に暮れるばかりです。ドイツを離れれば今より困難になり、とても解決になるとは思えません。子供は無意識の知恵を絞って、「お母さん、実際に見えてるのはただの夢なんだよ――でも、見えないものがあるんだよ――」などとわたしを慰めてくれます。そんなとき、過去を振り返って慰めを得ることができるなら、これからやってくる未来だって克服できないはずはないと思うのです。

わたしの思いは先生のもとにあります。つつがなくお過ごしくださることを願っております。

手紙にあるように、ハイゼと友人ムラートが借りていた土地は地主によって契約解除を告げられ、この年の秋にそこを立ち去ることになった。

冬である。農作物はできない。「自分の力を切り売りして、社会の没落を早めることになるものを支えるよりは、あらがい続けて、自分の意思を持ったまま滅んだほうがましです」と自らの理想と自由を諦めない覚悟を語っている。ここには第一次世界大戦を引き起こしたドイツの社会・経済システムを支える歯車になりたくないという彼女の政治的な意思も見える。

今回のリルケの返事は迅速である。ドイツの現状について、この時期のリルケはさまざまな手紙でも同様に批判的に書いているが、ここでも右派の愛国心を煽るような主張に辟易している様子が窺える。

19　リルケからリザ・ハイゼへ

一九二三年二月二日　ヴァレー州、シエールのミュゾットの館

あなたを悩ませているのと同じ不安と、そして筆舌に尽くしがたいさまざまな慌ただしい出来事のおかげで、ますます私は黙り込まざるを得ません。ハイゼさん、前々回[1]の心揺さぶるお手紙に、私はどれほどご返事を差し上げようと思ったことでしょう。ですがそれを書くのは、もっとふさわしい、もっと晴れやかな時にしようと先延ばししてしまったのでした。それは、あの（大きな四葉のクローバーの同封された）お手紙[2]を私が、私の心が、どのように受け取ったかを正確にわかっていただきたかったからです。ところが私の夏は、そして秋の方がさらにひどかったのですが、たくさんの不安に見舞われたのです[3]。古い塔のような館の中で孤独を守り、できるだけこの冬を前年の素晴らしい冬[4]と同じものにしようとしているのですが、一つには健康状態が落ちつかず、さらにはまたしても腹立たしさを増していく社会の情勢が、なにを始めるにせよしぶとく邪魔するせいで（まるで戦争中のようです！）、

ことは簡単ではないのです。こうしたことについて、あなたがお書きになったいくつかの文章はそのまま私のためにも使うことができます。例えば「すでに昼の間は、わたしの考えることの半分はもはやわたしのものではなく、夜になれば熱っぽい幻影でいっぱいになります」という文章をはじめ、その他にもあります……というのは私にとっても事情は同じだからです。――なにが起きているのでしょう？　そしてこの起きていることの中で、私たちはなんなのでしょう？――それは戦時中のように、相変わらず有無を言わせず、なのにほとんど私たちには関係がないのです。他人の不幸に巻き込まれているようなものです――しばしば、一息でそれを飛び越えることができそうな気がしませんか？――また、有り余るほどあるのに押さえつけられていたものがあふれ出るように、なにか地味だけれど元気づけてくれるものが心の中に浮かぶことがあります。それは夏の草原を歩いていて、足元の花をそっとかすめ過ぎたら、香りを放って応えてくれるのに似ています……あなたのお手紙自体そのような驚きでいっぱいで、徹底的な貧しさを通り抜けてきた人だけが知る心の清らかな芳香に満ちています。

私のように、なんでも自分の目で見て、自分の流儀と素質に基づいて体験するしかない者にとって、ドイツこそが、身の程知らずのために世界の邪魔をしていることはなんら疑いようがありません。私の血は複雑に配合されていて、さまざまな地で訓練を重ねてきましたから[6]、こうしたことを見抜く独自の距離が取れるのです。ドイツは一九一八年、崩壊の瞬間に、深い誠意と悔い改めを行動で示すことによって、世界中の人々を恥いらせ、心を揺さぶることができたはずなのです。間違った方向に発展した繁栄をはっきりと潔く諦めることによって——一言で言えば限りなくこの国の本質であり、その尊厳を形作る要素であったはずの謙虚さによってです。それがあれば外国によるどんな屈辱も[7]、先手を打って回避できたはずなのです。当時——一瞬ですが、こんなふうに願ったものでした——奇妙に偏屈で頑固になったドイツ人の顔に、デューラー[8]のスケッチに豊かに現れている謙虚さの表情を、今では失われてしまったその表情を刻み込んで描き足すべきだったのです！　ひょっとしたら、そのように感じ、そのように修正することを願い、期待した人たちが少しはいたのかもしれませんが——今では、それは起きなかったことがはっきりし、すでにその報いが現れつつあります。すべてを節度あるものにできたはずのなにかが生じなかったのです。ドイツは自らの最も古い土台の上にもう一度建てるべき最も純粋で最良の節度を回復することを怠ったのです。根本から刷新し、考えを改めることをしなかった。最も深い謙虚さに根差した尊厳を生み出せなかった。ドイツはなにも信用せず、損得勘定ばかり気にして、浅薄かつ拙速に、勘弁してもらうことしか考えなかったのです。最も内に秘めた気質に従って耐え忍び、乗り越え、奇跡が起きるのに備える代わりに、うまくやって、のし上がり、逃げ切ろうとしたのです。自らが変わる代わりに、しがみつこうとしたのです。そうして今、感じられるのは……なにかを取り逃がしたということです。手がかりとなるはずだった日付が欠けているのです。梯子の段が一つ欠けていて、おかげで言葉にできぬ心配や恐れ、「突然暴力的な転覆が起きるのではないかという不安」が生まれるのです……どうすればいいのでしょう？　私たちはそれぞれ、今の所静かな、まだ信頼できる小さな生活の島に留まり、そこで自分のなすべきことをなし、自分の苦しみを耐え、感じるべきことを感じるようにしましょう。私の島はあなたの島よりも安定しているわけではないし、安心できるものでもありません――あなたが借地人であるなら、私は客です。[9]ところで三年間も地主のために、眠っていた土地を目覚めさせ、開墾してきたというのに、本当に借地期限は秋で切れてしまうのでしょうか？

　もっと良い方へ説得する可能性はないのでしょうか？　同じような他の場所を見つけるのは、今はとてつもなく困難なことだというのは私にもわかります。アルゼンチンへの移住は、なによりも、よく知っているもっと馴染んだ土地とつながっていたいというあなたのお考えとご希望にかなうようには思えません。それ以外にもかの地の状況が昔とは違って、もはや人を勇気づけ、励ましてくれるようなものではないでしょうし……

　しかし、あなたがヴァイマールで過ごした年月を振り返ってご覧になれば、なんという収穫でしょう、なんという豊かで大きな成果でありましょう。そこで得られた利益は確実なものですから、たとえあなたがお手紙の三枚目に線を引いて、総計がわかるようにしようと思わなくても、豊かで健康に良い果実を格子垣の間から摘むように、あなたのお書きになった各行から――たとえそれが心配事でいっぱいでも――読み取ることはできたでしょう。[10]
ですから私は、これからも常に、あなたの幸せを期待することができるのです。私はあなたの幸せを願っていますし、あなたはご自身の幸せをどこまでも深く愛することが可能になられたのです。

RMR.

1 「ハイゼさん」と訳したが、原文は liebe Freundin（親愛なる友）。最初の頃の「奥様」（gnädigste Frau）からここで初めてこの呼びかけを使っている。
2 17の手紙。
3 この時期、リルケは計画していたパリ滞在を為替レートのせいで諦め、また家政婦が変わって、家に以前の落ち着きと秩序がなくなったことを嘆いている。
4 『ドゥイノの悲歌』と『オルフォイスに寄せるソネット』が一気に書き上げられた前年二月のこと。
5 初期の詩集『時禱集』第三部「貧困と死の書」以来、リルケは貧しさ＝所有しないことを理想視している。
6 プラハで生まれたリルケの父方はケルンテン地方、母方はアルザスの出身だと言われている。また、この頃のいくつかの手紙の中で、リルケは今の自分を作ったのはドイツやオーストリアというよりも、ロシアやフランス、イタリア、スペインだと述べている。
7 この時期に進行中だったフランス・ベルギー軍によるルール地方の占領のことが念頭にあるのだろう。
8 アルブレヒト・デューラー(一四七一~一五二八)ドイツルネサンス期・宗教改革期の画家・版画家。ドイツ最大の画家と言っても良いだろう。なお、リルケはこの時期の手紙の中でデューラーのスケッチを、同じようにかつてのドイツ人が持っていた精神性や謙虚さを表すものとして何度か挙げている。
9 14の手紙(一九二一年一二月二七日)の注10(八四頁)参照。
10 非常に技巧的な表現だが、手紙の三枚目の総計とは、おそらく前のハイゼの手紙の最後の「過去を振り返って慰めを得ることができるなら、これからやってくる未来だって克服できないはずはないと思う」という言葉を受けているのだろうと思われる。つまり、わざわざ過去の「慰め」と並べて未来の決意を述べなくても(「総計がわかるように」しなくても)わかると言うのだろう。

リルケは戦争中から、ドイツはもっと違った行動をとるべきだったと考えていた。むろんそれを公に表明することはなかったが、手紙では戦争反対の意思を明確に述べ(例えば一九一五年一〇月一〇日 エレン・デルプ宛)、自分をドイツ人だと感じていないし、自分の故郷はオーストリア的なものにはないと書いている(例えば一九一五年九月一一日　イルゼ・エルトマン宛）。当然デューラーの名前が出ている文の「当時」は戦争中のことであろう。征服と併合の野望に突き動かされ、平和主義を許さなかった当時のドイツに欠けていたのはデューラーの肖像画に見られるような誠実さ、精神性への回帰だった。敗戦後にもドイツ政府は以前の国の基本構造を守ることを第一に、解決策を模索した。もしヴェルサイユ条約よりも先にいち早く大国主義を放棄して「謙虚」に「節度を回復」することができていたなら、とリルケは言うのである。これも、すでに彼は一九一九年三月のカール・フォン・デア・ハイトへの手紙で、「あの十一月八日（ドイツ革命勃発の日。翌日ドイツ皇帝が退位して戦争終結につながる）がかえすがえすも残念です。前代未聞のあらゆる可能性があった」のに、と言っている。しかし、敗戦によってもドイツ人のメンタリティは変わらず、「それは起きなかったことがはっきりし」、今やルール地方の占領という「報いが現れつつ」ある。

ハイゼの考えも次の手紙で見るように、もちろんリルケと同様に平和的なものである。それはともかく彼女はこの冬の間、市場で売る農作物もなかっただろうし、どうやって暮らしていたのだろう？　これまでのように、出張のピアノ教師はしていただろうが、大した稼ぎにはならなかったと思われる。また相変わらず住まいの一部を学生の下宿として転貸していただろうが、正確なところはわからない。生活は主にホーフガイスマールの家を売ったお金が頼りだったはずである。しかしインフレが進行中のドイツでは、そうした蓄えはどんどん紙屑同然になっていった。

20　リザ・ハイゼからリルケへ

一九二三年四月五日　W

今やっとお礼を申し上げられる静かな時が得られました。本来この手紙は祭日[1]に先生の元に届けられるはずでしたが、差し迫った春の作業があって、どうしようもなかったのです。意地悪な冬の天気をくぐり抜けた庭は、秋に手入れをやめた状態のままだったのです。おかげで、いつもなら冬の間ずっと継続していた作業を数日で取り戻さなければなりませんでした。先週は、わたしたち二人で一モルゲンの土地を掘り返しましたが、一二時間近くかかりました。労働と睡眠と目覚め、それはどんどん大きく軽やかで軽快なリズムになり、疲労さえ喜びでした。冬のどんな困窮も、将来のどんな苦悩も、なにものにも遮られることのない日々の規則正しさの中で消えていきました。スコップ一杯の土、それはとても素晴らしいものです。できることなら世界中の土を掘り返したいぐらいです。スコップで一杯また一杯と掘り返し、地面がこの手によって幅広く黒い小川のように伸びて行きます。土塊（つちくれ）の波を掬（すく）って手に重みを感じたら、地面に再び戻します。

イースターの日は少し歩きました。そして何時間かは、今わたしたちを脅かしているもののことを忘れました。ああ、人ってこんなに簡単に忘れることができるのですね！　世の中の悲惨な現実は変わらないのに、それを常に意識し続けることはできないのですね。ひょっとしたら、世の中がそれほど悪い状態でなくなるようにするためにわたしたちに欠けているのは、それを意識し続けることなのかもしれません。わたしはドイツがその運命を受け入れることをいつも願ってきました。そして、もしかしたら、ヨーロッパ中が心を入れ替えて刷新しようとするのではないかと。しかし、今日、二つの民族が酔っ払いのように向き合って、打開策をあらたな殺し合いに探っています。「解放」[2]を叫ぶ人々は破廉恥な破産者の生活を送り、国民の全階層が悲惨の中で落ちぶれていきます。わたしは自分の仕事に心の平安を探し、唯一の、まだ揺らいでいない世界であるわたしの庭に救いを求めています。そしてスイスの山々の平穏を思います。先生に少しでも喜んでいただきたいと思っているのですが、心は重く、むしろわたしのことをお話ししてご気分がふさぐのではないかと恐れています。先生はつつがなくお過ごしでしょうか？　わたしはあらゆる願いを込めて先生のおそばにいて、このおそばにいるという気持ちで暖かく安心していられます。

1　イースターのこと。この年は四月一日だった。

2　ルール「占領」に対する「解放」。ルール解放のため、ドイツ政府も、労働者たちのサボタージュ（ストライキ）による「受け身の抵抗」を促した。しかし、ルール地方はドイツの鉄・石炭の約八割を産出する地域だったために、ドイツの生産力は急激に低下し、そこへ通貨のマルクを増刷したことで、この年の夏以降インフレと財政難が進行してドイツ経済はほぼ破綻することになる。いわゆるハイパーインフレである。

春になって、すでに契約解除が決まっている土地ではあるが、ハイゼとムラートは相変わらずこの農地での作業を続けている。

さて、三月初めに『オルフォイスに寄せるソネット』が本になった。出版したインゼル書店主のキッペンベルクに四月七日に宛てた手紙では、イースターに合わせて献本を二〇冊送ってくれたことに感謝するとともに、すでにすべて各所に送ったと報告している。この中の一冊がハイゼにも贈られたのだろう。

これに対してハイゼは即座にお礼の手紙を書いた。なお、リルケは多くの人々にこの本を送っているが、必ずなんらかの言葉や、場合によっては詩を添えている。間違いなくハイゼが受け取った版にも手書きの献辞があったはずだが、残念ながらこの本の所在は不明である。

21　リザ・ハイゼからリルケへ

一九二三年四月一〇日　W

このような、過ぎた贈り物をいただいて、この喜びにわたしははたして耐えられるのでしょうか？　すべてはわたしをどこへ連れて行こうとしているのでしょう？　どの意思にわたしは従うのでしょう、どの手がわたしの人生を紡ぐのでしょう？　わたしたちの——広大な空間と空虚な時間を耐えた——つながりが突然互いに向かい合ってみごとに命を吹き込まれ、近くを飛ぶ鳥たちが影を投げかける時のようにわたしに触れます。

オルフォイスの歌を読んでいるのでしょうか、それとも歌うのを聴いているのでしょうか？　「褒め称える使命を担うもの」[1]が歌っていて、そしてその歌は「神を囲むそよぎのよう」[2]です。「使者であり続けるものたち」[3]の一人である歌い手がわたしたちに有り余るほどの豊かさから恵んでくださるのです。そこでは動物たちは救われ、石や河は顔を、岩は耳を手に入れ、そして果実はその最後の実を捧げます。大海は彼を褒め称えてどよめき、花々や魚が歌っています。風は彼の持つ竪琴に寄り添い、潮の満ち干がそのリズムに合わせます。大地は幼い子供たちのように、春に向かって今を盛りと花開くよう命じ、樹々の根はその満ち溢れんばかりの妙なる響きを養分とします。圧倒的なものがどの事物の中にもあります。そうした事物の最も小さいものである心はさまざまな世界の目覚めを感じています。

　この何日か、なかなか仕事が手につきません。庭に出ればあらゆるものは大きな形をしています。それに対して、この部屋の中でピアノに向かえば節度と秩序を保つよう強制されますが[4]、それは心地よいことです。今、モーツァルトを練習しています。変奏付きソナタです。そこでは心を込めた内面の豊かさが現れ、自らに思いを凝らし、自らに聞き耳を立て——呼びかけ、応答、反響、残響を聞き取ります。海が飽くことなく、長い息遣いで、常に同じメロディーを歌うように、この音楽も緊迫感を高めながらそれ自身の喜びを増大させます。

　夜、先生のことを夢見ました。そして、朝になったら先生の詩集が届いたのでした。大喜びで小包を開封しようとしたら、ミヒャエルは喜ぶのが早すぎると思ったようです。がっかりしないように、こうなだめてくれました、「きっと入ってるのは本だけだよ——お母さんはチョコレートが入ってるって思ってるかもしれないけど」。でも、そのあとわたしの喜びが彼にも伝わって、手足で私に絡みつきながらこう言いました、「こうすると僕たち花束みたいだね」。そして包みから本当に「本だけ」が出てきても、わたしの喜びが収まることがなかったので、子供に先生のことを説明しなければなりませんでした。子供の方でも真剣に知りたがったのでした。

先生のお歌にふさわしい形でお礼を申し述べる機会があればよろしかったのですが。しかしそのためには天使たちと一緒に歌わなければならないでしょう。バラよ、まばゆいものたちよ、急いで咲き競え――

1 「オルフォイスに寄せるソネット」第一部第7歌の句。
2 同第一部第3歌の最後に「神の中のそよぎ」という句がある。
3 同第一部第7歌の句。このあとの文章も直接的な引用ではないが、「オルフォイスに寄せるソネット」のさまざまな詩にもとづいたイメージが語られている。
4 ピアノの練習は楽譜に従わなければならないので、節度と秩序を強制されると言っているのだろう。それに対して庭での農作業はのびのびとした自由な活動（大きな形をしている）だと考えている。

この一九二三年春、ミュゾットには次々と訪問客が訪れ、六月から七月にはリルケはスイス国内の小旅行を繰り返す。そんな合間にもミュゾットの館の庭に植えたバラのことは常に気にかけていた。

八月末になって、リルケはシェーネック療養所で一ヶ月以上療養生活を送ることになる。これが、その後の長い療養生活の端緒となる。そして年の瀬が押し迫った時期から、今度はヴァル・モンのサナトリウムでの療養生活が続く。退院したのはハイゼが次の手紙を書く直前の一月二〇日である。

一方ドイツ国内は八月に首相に就任したシュトレーゼマン率いる内閣によってルール地方での「受け身の抵抗」は九月末に終了するが、ハイパーインフレは進行し続け、四月には一ドルが二万マルクだったのに、一一月にはそれが四兆二〇〇〇億マルクになる。しかしその直後にレンテンマルクが導入されて、通貨切下げが行われ、徐々に落ち着いていく。

ハイゼとテクラ・ムラートは土地の賃貸契約が切れることは承知の上で、農作業に勤(いそ)しみ、野菜や花を市場で売っていたが、秋には契約は終了した。ただ、年が明けた後の手紙とリルケからの返事の冒頭を読めば同じ借家をまだ借りられていたのだろうと思われる。

二人の文通では最も長い九ヶ月以上の間があいた次の手紙では、ハイゼはこのような内外の状態で、なかなかリルケの本に向き合うことができないと嘆く。

22　リザ・ハイゼからリルケへ

一九二四年一月二四日　W

もし今すぐ先生のもとに伺えるのでしたら少しもためらうことはないでしょう。それなのに煩わしい日常が、足を踏み入れることのできない藪のように道を塞いでしまいます。もう先生のご本へ向かうことができません。たくさんの不安や騒音や不快事に取り巻かれているときに、先生のことを考えるのはほとんど罪悪のように思えます。あらゆるものがその意味を失い、わたしから遠ざかっていきます。それとも、わたしの方があらゆるものから遠ざかっているのでしょうか？　現実が本性を現わし、そのあからさまな残酷さにほとんど耐えられません。何年間も勤しんできたことはすべて勝利というゴールに向かって進み、穏やかで良いものになるはずだとずっと信じていました。人生はもう一度夢や歌のように優しいものになるに違いないと。今、わたしは再び新しいことを始めようとしていますが、どうしようもないほど虚しく、決して終わることのない衰えを感じています。あらゆるものに別れを告げられれば――それは命がなくならないまま死んでいくようです――あとはただ先生のもとへ伺うことができるのです。本当に強いなにかをこの手に掴んで離さないでいたいのです。

　ここでの生活が終了することはもう変えようがありません。健康で、なんとか耐えられる生活の可能性を一年半探したのですが、すべて完全に尽きてしまいました。計画は次々と思いついたのですが、今はとても混乱していて、自分がなにをしたいのか、なにができるのかがもうわからないのです。唯一の解決策として、イギリス人の女友達の伝手を頼りにカナダへ行く案が出ています。外国を知りたい気持ちもありますが、自分の体力の脆弱さが、荒野を開墾し、敵意ある異国の空や反抗的な新しい土地に対抗できるとは思えないのです。この一年の騒動で疲れ果て、わずかな静けさと信頼できるもの以外なにも欲しくありません。離れがたく感じるものなどここにはなにもありませんし、わたしがいなくなっても悲しむ人も物もないでしょうに――それなのに、木々はまだ「故郷」という言葉を発するのです。わたしは自分を根こそぎ掘り返さなければならないのかもしれません。

　この手紙を書くのは辛うございます。どれも理解し難いことだろうと思います。こんなにお伝えの仕方が不十分に思えたことはありませんでした。先生がつつがなくお過ごしかを知りたく存じます。お元気でしょうか、お仕事は捗っていらっしゃいますか。ミュゾットのお館は安心できる故郷になっておりますでしょうか？　長くお便りがないことで不安を感じております。このように繰り返し――子供っぽいエゴイズムで差し出がましく――お手紙を差し上げてもよろしいのでしょうか？　もう少しだけお付き合いください――そうすればなにもかも、もう少し良くなるでしょう。

生活を立て直そうと努力しながら上手くいかない。新たな試みは新たな苦痛を生み、ハイゼは「命がなくならないまま死んでいくよう」だという。そのような状況ではハイゼにとってリルケに手紙を書くこと（伺うこと）が支えであるとともに、自らに対する励ましになったのだろう。

一方ヴァル・モンのサナトリウムから退院したリルケだが、体調は相変わらず思わしくはない。病状は極端に孤独な生活に由来する神経症の一種だったようだが、この先再び精神のバランスを取り戻せるのか、と不安な嘆きを伝える退院直後の手紙も残されている。そんな状態で受け取ったハイゼの手紙の末尾の健康を気遣う言葉に、リルケはなにを思っただろう。むろん、ハイゼはリルケの体調のことなど知る由もない。他にもたくさんの手紙を書かねばならない状況で、リルケの返事はすぐに書かれた。

23　リルケからリザ・ハイゼへ

一九二四年一月二七日　ヴァレー州、シエールのミュゾットの館

それでは私たちはそれぞれ不安を感じながら、お互いの沈黙を見守っていたわけですね！お手紙を受け取って最初にしたことは、裏返してみることでした——以前の住所が書かれているのを確認して、私の心配の一端は余計なことだったのだと考えそうになりました。しかし、そうではなかった。お手紙によればなにもかも困難なことになっているご様子です。私には、あなたがお書きになっているようなことがあるというのが、即座には納得できることではありません。ですが理解できないわけではありません。あなたが途方に暮れていることも、お疲れになっていることも、そして今あれほど多くの具体的な取り組みを重ねたのに、その成果に囲まれていないので、あなたの魂がただただ深く失望なさっていることも理解しております。私はあなたとともに、言葉にできる以上に、こうした土地との誠実な格闘は報いられなければならないと信じてきました……いや、自問すればするほど、この信念はまだ

変わっていないのがわかります。もう少しよく考える余地はないのでしょうか――？　あなたは計画は次々と思いついたとお書きでしたね？　計画が多すぎたのではありませんか？　考えてみるべき計画は残っていませんか？　そんなに遠くへ行くことよりもっと手近な案はないのでしょうか？　お話しくださるご様子を見ると、大きな決断ができる状態とは思えません。万全をお尽くしください。まだなにも決めてしまわないようご忠告申し上げます。なにも成し遂げることができなかったとしても、すべてをもう一度最初から始めなければならないのだとしても、是非ともお休みを取り一息ついて、数々の苦境の合間に、たとえわずかでも気楽な気持ちにおなりなさい。また、新しい土地で再び始めるということですが、それは本当に新大陸でなければならないのでしょうか？　ドイツにはそれを続けられる場所はどこにも見つからなかったのでしょうか？　しかしあなたがそうだと断言されているのに、こんなところからお尋ねするのはもちろん無意味なことですね。ただ、いずれにせよ、あなたが「次々と思いついた」という言葉をお使いなので、こういう転換期には、急いては事を仕損じるという言葉をあなたに思い出していただきたいと、友人として思うのです。そしてあなたが今「静けさと信頼できるもの」が欲しいとおっしゃるとき、この友人があなたのことを心の底から理解していないはずはありません……あらゆる人々が押し合いへし合いして、こうした人と人とのつながりのゆとりがなくなってしまった国々もあるようです。もっと落ち着いた世界だったらなにか内的状況のバランスを取るために、普通なら「めぐりあわせでうまく行った」はずなのに、それが起きなかった、それは私たちそれぞれにとって繰り返し明らかになっています。つまり、めぐりあわせが欠けているのです。私たちが取り組んだ末に、普通なら応えてくれるものが欠けているのです。「遊び」が欠けているのです。さまざまな面倒な手続きにある、実に無邪気な遊びが欠けているのです。その遊びこそが、かつて私たちが無意識のうちにそれらに向き合った時に、さまざまな可能性を教えてくれたり、向きを変えるべきか、そのまま行くべきかをこっそり指示してくれたのに……本当の問いが――大抵ほとんど気付かれないまま――私たちのうちで育ったときには、いつもならすぐに生じる運命（めぐりあわせ）[1]による冷静な解答が欠けているのです。現に当然の報酬を受けられず、苦境にある何人かの人を知っています。[2]貪欲や絶望から心の落ち着きを失った人たちだけは、先へ先へと押し合いながら、遮られないのを不思議に思わないのです。彼らは内面的な到着地点を知らないのです。リザ・ハイゼさん、この瞬間私は完全にあなたと一緒です。あなたが耐えているものを理解しようとしています。あなたの心に入り込むことも私には難しいことではありません。それなのに私にはなにもできないのです！　あなたに不当なことが起きているのはわかります。しかし、あの戦争以来不当なことは奇妙に蔓延しています。そこから逃げるには心の奥処（おくか）で耐えるしかありません。そしてそこでこそ、あなたもこの何年かの作業を通じて、一段と逞しく、挫けることのないしっかりとした人になられたのです。それを今すぐには納得できないからと惑わされてはなりません。疲労や失望、持続的な不安のおかげでご自分をどう扱えば良いかがわからなくなっているのです。親しいものがすべて遠くへ行ってしまったかのように感じられるのです。

　ところで、私はあなたに悲歌[3]を送ろうとして何度も思いとどまりました……あなたのお気持ちが他のことでいっぱいだと思ったのです。量もあり、難解なところもある読書をお勧めする時ではないと思ったのです。その上、私の方も度重なる体調不良のおかげで万事が滞っておりました。最近も不調から（すでに夏もそうでしたが）医者にかかる始末で、やっと一週間前に解放されたところでした。この二十三年というもの、さまざまな国や境遇のもとで、私はいつでも一人で自分の身体の不調をなんとかしてきました。[4]自分の身体との関係は概ね緊密なので、医者というのは私と身体のしっくりと慣れ親しんだ組織に打ち込まれなければならない楔（くさび）のように思えるのです。助けてくれるとはいえ、やはり闖入者なのです！　それはともかく、幸運なことに、友人のように話し合える救い手[5]に出会えたのは幸運でした。私たちは出来るだけあらゆる薬を排除するという点で一致しました。私の場合何十年も自然に任せてうまく行っていたのですから、この動揺した状態の中で、新たにバランスを取ろうと必死なことが明らかな自然に、ほんのすこしだけ手を差し伸べることにしたのです。私は肉体と精神と魂の間に正確な境界線をひいたことはありません。それぞれが他のものに役立ち、影響を及ぼしあい、それぞれがどれも私にとっては素晴らしく、心地よいものでした……ですから衰えた病気気味の肉体に、精神的な原理を優位なものとして対置することほど違和感があってなじめないものはないのです。そのような考え方は嫌だしできないので、他の人以上に、肉体的な不調によって影響されがちになります。私がうまくいったことはどれも、考えただけのことも含めて、私を構成している要素が一緒に喜び、それらの調和が取れている時に生まれたものなのですから。

しかしもう十分でしょう。こうしたことはあまりお話ししたくありませんし、病気の時には、自分の周りに人がいるのにもなかなか耐えられないものです。こういう時にはどこかに潜り込んで潜んでいたいという動物みたいな願いが、私の行動をすべて決めてしまいます。それでも、今日は（例外的に）このように長々と書いてしまいましたのは、私もあなたのおそばにいるという気持ちをこの手紙で是非ともお伝えしたかったからです。もっと短い、大雑把なお知らせではそれはできなかったでしょう。

つらい日々をお過ごしでしょうが、湧き上がってくる思いや願いや不安を、私に洗いざらいお打ち明けくださってかまいません。必ずご返事を差し上げるとは、お約束できませんけれども。（ご想像いただけると思いますが、家を空けていて、なにもできないでいたあいだに、仕事や手紙が山のように溜まってしまったのです。）しかし、それであなたのご様子を知ることもできるでしょう。そうなれば、私の言葉は一層お役に立てる親密なものになるはずです。たとえ、それがある程度遅れて届くことになりましょうとも。

RMR.

追伸。月曜日。[6] 四月五日と一〇日にとても感動的な二通のお手紙をいただきました。その間にソネットの「オルフォイス」と出会われたのですね。その後お手紙を書かれていませんよね？　このようにお尋ねするのは、私がずっと不在で、郵便はしばしば二番目三番目の宿泊地に届くまで、転送が繰り返されなければならないことがあって、紛失の可能性が全くないとは言えないからなのです。[7] もちろんご用心のために書留で出されても良いでしょう。ともかく、ちょうどあの時、私たちはお互いに、目には見えなくても、確かに出会い、気持ちが通じ合っていたのですから、目に見える形でどちらかからどちらかへ送られるものであれば、特別に守られても悪くないでしょう。

あれ以来お手紙を差し上げていませんでしたが（そうですよね？）、それはなんとなく私たちの交流の目に見えない部分を私も信じていたからです。そうは言っても、四月のお手紙は、あなたの直接的で見事な表現に驚きながら、繰り返し何度も読みました。そして読み返すたびに、いつでも新しく感じるのです。胸に手を置いた時、それぞれが唯一のものでありながら同時に平等であり、とても近いのに触ることはできず、説明できるのに名前がない心臓の鼓動のように、この手紙も生きているのだと思ったものでした。

しばらくの間、（こんなことを書くべきなのか迷いますが）まるで私たちがこの（前の）夏に、出会っていたに違いない、それも数日間一緒にいたかのような、そんな気がしたのでした……しかし、これもまた、上に書いた、混乱した時代にはもう許されないあのめぐりあわせのひとつなのです。あなたはずっとヴァイマールにいらしたのでしょうか？　旅行はなさりませんでしたか？――私は病気もあって――おそらく可能性のあった計画は、長く退屈な療養生活を強制されたおかげで、どれもお流れになってしまいました。

R.

1　リルケには世界は自分の力だけで切り開いていけるものではなく、幸運なめぐりあわせ（Fügung, Schicksal）によって生を好転させていけるものだという意識が常にあった。特にスイスに来てからはそれを強く感じている。その幸運なめぐりあわせが生じるためにはゆとり（遊び）が必要だというのである。

2　このあたりで述べられていることは、具体的にリルケ自身の病状を重ねて語っていると思われる。この手紙の前にも示したように、リルケは一二月二八日から一月二〇日までレマン湖東にあるヴァル・モン療養所で神経症の治療生活を送っていた。この時期のいくつかの手紙でも自分の精神状態について「バランス」という言葉が出てくる。きちんとした生活を送り、食事にも気を配りながら、そのバランスが取れないまま、「快癒」という「当然の報酬」が得られない自分の状態のことも含めて、この時代の世情など一般的な事柄へ敷衍しているのだろう。

3　一九二二年の二月に『オルフォイスに寄せるソネット』とともに一気呵成に完成した『ドゥイノの悲歌』は、一九二三年一〇月に出版された（部数限定の豪華版は六月末）。

4　一八九九年のロシア旅行以後、リルケは主にパリを拠点にしながらも、「さまざまな国や境遇のもと」で旅から旅の漂泊の生活を送る。

5　ヴァル・モン療養所のヘンメルリ医師のこと。リルケは彼を医師としてだけでなく友人としても最後まで信頼した。

6　手紙の日付一月二七日は日曜日で、郵便局は閉まっているので、翌日の投函前に書き足したわけである。小さなことだが、リルケの誠意が感じられる。なお、この追伸の部分は二〇〇三年まで未発表だった。

7　八月末からのシェーネック療養所滞在は、九月末にこの療養所が閉じられたために途中で終了になる。リルケは「後療養」と称してほぼ一月にわたり、スイスの友人たちの客として各地に滞在してからミュゾットに戻り、一二月末にヴァル・モンへ入院したのである。

次の手紙は残されているハイゼの最後の手紙である。彼女たちはティーフルトの契約解除後しばらくして、ティーフルトから三キロほど南のオーバーヴァイマールで農業を続けていた。しかし、農業とピアノのレッスンだけでは、家賃と三人の生活費をまかなうことは難しかった。海外への移住もあまり現実的とは言えなかった。いずれ共同生活は解消されなければならなかった。

24 リザ・ハイゼからリルケへ

一九二四年二月一日 W

先生の願う力がこのような奇跡を起こせるのでしょうか？ そうでなければ、すでに私の願いが成就しているように思えるこの瞬間を――「わたしにもう一度応えてくださるめぐりあわせ」を、どのように理解したら良いのでしょう。この瞬間にもう一度、「さまざまな面倒な手続きにある驚くほど無邪気な遊び」の正しさが確認できます。

カナダへ手紙を送ってしまってから、ここでまだなにかできないかと最後にもう一度試みてみました。国有の入植地への応募はすでに考えていたのですが、わたしたちのイギリスの友人がありがたいことに理解を示して融資を申し出てくれたので、再び少しだけ期待できそうに思えました。ですが、この試みは、それに適任でなおかつ資金を少額でも融通できる複数の人が必要で、うまくいきませんでした。役所は大規模な助成援助を約束してくれましたが、マルクが安定してきた今、手元にあるお金があまりにわずかであることがわかりました。

そんなとき、わたしの計画や希望と多くの共通点がある大工の親方と知り合いになりました。苦労することなんかやめて、心配せず陽気にやろうという言葉に心が揺れます。新しく始めて、新しいやりがいを見つけ、新しく働き、「内面的な到着地点」を見つけようというのです。ちょっとでも触れられたら運命になってしまうほど、わたしは弱いのでしょうか？　ああ、少しでも長続きして安心できる現実を構築できれば良いのですが！　今日はもうこれだけ希望に満ちたことを先生に書けたので嬉しく思っています。わたしたちの交流の目に見えない部分が、先生がご病気であることを確かに繰り返し感じさせてくれていました――ただ、それに確信を持つ勇気がございませんでした。しかし今は再びお元気になられたのですね。それを知り、さらに――より一層――嬉しく思います。

　今日は日曜日です。[1]そしてわたしはこの手紙をやっと書き終えるところにまでやってきました。この何日かで新しい希望が再び開けてきました。隣の土地の所有者が海外へ移住するので、その土地を手に入れる可能性がでてきたのです。できればまもなくわたしたちの努力の結果について、良いお知らせができると良いのですが。

　悲歌はもうすぐ誕生日なので、[2]楽しみに注文していたのですが、今の気持ちがなにも手につかず、消極的になっているのでキャンセルしました。すべてがもっと落ち着いて安心できるようになったら、夏には読むつもりです。

1　手紙の日付の二月一日は金曜日である。
2　ハイゼの誕生日は二月一〇日。

最後に書かれている隣の「土地を手に入れる可能性」は潰えた。そして、正確な時期はわからないが、この頃テクラ・ムラートはヴァイマールから三〇キロほど離れたゲーベゼーの寄宿制の教育施設で農芸の教職を見つけることができた。しかもハイゼの息子ミヒャエルもその学校に無料で入学・入寮できることになった。ハイゼは一人になった。

大工の親方との出会いという新しい始まりの予感に対して、ハイゼは「ちょっとでも触れられたら運命になってしまうほど、わたしは弱いのでしょうか？」と、流されることに対する不安を語っているが、リルケは次の手紙で変化を厭わず「未来の鋳型が不意に現れても、そこに流し込まれる覚悟のある」自分に自信を持つように励ます。鋳型が肩幅に合わなければそれを打ちこわして、「自由に姿を変えながら」人生を歩むように促す。

25　リルケからリザ・ハイゼへ

一九二四年二月一一日　ヴァレー州、シエールのミュゾットの館

いいえ、あなたの前々回のお手紙のあとに新しいお便りが届き、まるでその間に昇ったいくつもの星々を映している小さく楽しげな鏡ばかりが散りばめられているようで、これこそ私にとってもまぎれもない奇跡というほかありませんでした！　その星々は新しい天空のあるべき場所に組み込まれているようですから、その運行や清澄な空への上昇を、私が心配する必要はほとんどなさそうです。とはいえ、あなたのことは毎日考えます。あなたがそれらの星々の影響下にあり、新しい天空の導きに従うことができますように、と。――それはさておき、運命の作り出したものを受け入れる変化を厭わぬご自分を、出来上がった未来の鋳型が不意に現れても、そこに流し込まれる覚悟のあるご自分を、優柔不断だなどとお考えになりませんように。このように従順であることを極限まで追求していくと、その後ろに臆病であると同時に大胆な心の服従の不変のものがあることに、少しずつお気づきなのではあり

ませんか？　ある鋳型を満たし、しかし、いつか肩が窮屈になってそれを壊し、そうして自由に姿を変えながら、魔法にかかったように同じ王国に集められたすべての存在と親しくなる。このような果敢さのほかに人生と呼べるものがなにかあるのでしょうか？

あのように簡素で張り合いのあるお仕事のあとで、謙虚に、しかしその際なんらかの形で認められたいと純粋に期待しながら、今そこに立っていらっしゃるのですから、そんなあなたに偽りのものが語りかけたり触れたりすることなどできないでしょう――そう私は思うのです……あなたにかけられた声はきっと信頼に値します、あなたがしっかりと聞き入れ、喜ぶに値します。

R

（追伸。私の親しいチューリヒの友人たちのところにちょうど滞在していたアンナ・ベルンシュトルフ伯爵夫人はあなたの地域の近くに住んでいて、昔から製粉業を営んでいるのではないでしょうか？）

こうしてリルケは、いくつかの新たな展望を見出したハイゼに決断を促した。一九三〇年の出版以来版を重ねてきた従来の『若き女性への手紙』はここで終わっていた。そしてこのリルケの手紙は、詩を愛する若い孤独なシングルマザーが

過酷な生活の中で自立していくのを励まし勇気づけた記録と考えられてきた。

この手紙のあと、リザ・ハイゼはリルケに少なくとも一通の手紙を書いているが、それは残されていない。しかしそこで語られたはずのハイゼの身に起きたことは、次の二〇〇三年まで未発表だった最後の手紙からおおよそのことがわかる。彼女は妊娠している。それもたぶん望まぬ妊娠を。そして、ここでリルケは初めて「リザ」とファーストネームでハイゼに呼びかける。

26　リルケからリザ・ハイゼへ

一九二四年五月七日　ヴァレー州、シエールのミュゾットの館

いただいたお手紙の意味を理解した時、震えながらあなたをしっかりと抱きしめたいと、感情が昂って動けなくなりました。起きたことに対してどんな慰めも不要だとあなたが断言なさっても、私の中では慰める力が、リザ、あなたを元気にしたいという直接的な力がますます大きくなったので、手紙を差し上げなくても、あなたはそれを感じ取り、受けとめてくださったに違いありません。ご返事しなかったのは、復活祭の週から、この家はいつも次々と新たなお客でいっぱいだったからです。その他にもあなたのお手紙がこちらに届いた時、悲歌を郵便局から発送したところでした。これらの詩をいつか開かれるかも知れませんし（そこでは人間の悲しい宿命が、人間が持つ最大の勇敢さと讃美と直接的に結びついて現れています）、まずはあなたにこれらの詩と一人で向き合ってもらおうと思ったのです。（あの詩の声に対して、私の声などなんでしょう。詩の声は私のものではありません。[1] しばしば

私は自分が、詩が歌っている確信からずっと遅れをとっていると感じています。）

今この声が、この平凡で弱々しい声があなたの肉体の悲しみに対してなにか語らなければならないとすれば、リザ、この声が試みるのは、それにもかかわらずあなたをお慰めすることです。本来なら、黙って抱きしめ、落ち着かせてくれる人がひとりでもおそばにいれば良かったのですが。そのような身体の災厄は、子供の場合と同じように、まずはただ単純に身体的な慰撫を求めるものなのですから。

もしかしたら、そのようにあなたを抱きしめることができる人なら、触れ合うだけで辛さを和らげ導いてくれて、少しずつわかる限りのことを伝えてくれたことでしょう。なによりも、切に願われたあなたのそのお身体に罪がないことを改めて意識することです。最も精神力にあふれた、私たちの概念に従えば最も偉大な人たちですら、肉体の孤独感に突然耐えられなくなって、最も恥ずべき屈辱の中に落ちていくのをまぬがれなかったことを思い出してください。彼らですら、奇妙に謎めいてゆがんだ瞬間に、いつもは毅然として求めていた無限の価値よりも、ほんのわずかな肉体の幸せのほうが良いものに思えたのです。こうした悲しい宿命になにが語られているのでしょうか？　きわめて単純で罪のない肉体は、創造と破壊のきわめて原始的で基本的な条件に縛られているということです。無いと寂しく、欲しいと思う肉体の根源的な望みを、精神と心の等価物によって埋め合わせたり置き換えようといくら努力してみたところで、心と精神そのものは抱きしめたい、実を結びたいという原初的な期待からできているのです。その本質、その甘美さ、その強靭さ、その切実さがこの世の起源に拘束されているのです。[2]全体としてそれを褒めたたえましょう（ソネットや悲歌で繰り返し言われているように）、なにものも分けないようにしましょう、ああ、リザ、私たちのめぐりあわせを大切にし、讃美しましょう、過失や、私たちが転落とか「無意味」と称するものまで含めて……私たちになにがわかるのでしょう？　あなたのようなケースでは、告発すべきものに変わってしまったのに、言葉にならない無鉄砲さに最後まで縛られていたのではありませんか？　思い切ってやられたことは、たとえそれがショックを受けながら終わるようにみえても、なぜ覚悟を決めて行ったにすぎないと言わないのでしょう？　しかも、それは本当に終わってしまうのでしょうか？　そのショックだって一時的なもの、過渡的なもので――すでに克服され、すでに再び名前もなくなり、次の段階のもの、まだ知られていないもの、つまり再びあなたのもの、リザ、あなたの財産に変わっているのです。[3]

自分を責めたいと強く感じた時に思うべきことは、変化する私たちがさらされている奇妙な法則に従って、しかるべき時に、言葉にできない軽やかなくつろぎや無条件の喜び（幸運に対する奇妙なふわふわ浮遊するライバル）[4]があれば、自分を責める必要などないのかもしれないと言うことです。なぜか、私たちには、重荷となるわかりやすい運命よりもただただ静かなものを選ぶ気持ちが常にあります――そしていつか、人生全体の力づくの激しさを拒絶し、その代わりに鳥を見送ったり、閉じた瞼に風の向きを感じることができるようになるのです。あるいは永遠に失われたどんなものでも、個々の感覚を研ぎ澄まし、例えば聴覚へ移しかえれば、泉の豊かな音や雨の降る優しい音が無尽蔵の満足を与えることができるのです。しかし、無意識のうちにある感覚がこうした移しかえを受け入れることを欺瞞と見なさなければ、他方で、その結末がどうであれ、そうした素直さを言葉通り受け取り、素直であろうと決断し、それを実行したことを断罪されてはならないのです。それはひょっとしたら相手に圧倒されることを願った最初の時ほど幸福ではなかったのです――そしてそれからすぐに、相手が自分には相応しくないと感じ、誤解していたと気がつき、相手に屈服したことで恥辱を感じ、それが膨れ上がったのです。そして、こうしたことで、あなたに痛みが残ったのです。体験したことが未解決のまま沈殿し、気持ちがふさぎ、精神を重くさせているのです。しかしそうしたことともに、あなたは今再びご自分を省みたのです。間違っていたものがあなたを縛ることはもうありません……心の下が重くなっていくとともに増していくあの最も内側の重さの神秘的な一徹さ以外のなにものも[5]。その子に対してなにを為すべきでしょう。受胎の誤りを正すこと、それがあなたひとりだけでできたかのように、ご自分に相応しいものにすることです、リザ。その子の中で生じるかもしれない未知の部分を親密なものと思うこと、それを愛そうとすること、あなたの身体のさまざまな条件で、それを魅了すること、つまりかつて愛する人が魅了された以上に徹底的に魅了することです。望まなかったとしても、それに執着しないようにしましょう。そのような存在がどれほど遠くから来るのか、思いをいたし――その秘密を愛し支えましょう。この予期していなかった棲家[6]で誕生を待ちましょう――、生まれてくるまで耐えましょう。あれほどたくさんの土地を耕してきたあなたです、お腹の中で成長していくのを感じながら、ご自分を静かに耕しましょう。名前のないもののまわりにいつでも名前もないまま存在する力と温もりをその子に与えましょう。母親らしくしていましょう。そうすればその子も適切な選択に出会えるでしょう。『第八の悲歌』[7]を参考に考えてみてください、その子が今あなたの心の広さをもとに自分の基準を得て、のちに、生まれたあとで、その子があらゆるものと常に比べなければならない存在をどう見るでしょうか。その子に限りない守護を、充実した胎児の時を与えてあげてください。そして、もしなにか思うことが救いになるのでしたら、幸福に酔いしれて愛し合う者たちの子供が、しばしば両親の喜びの相続権を得られぬことがあるのを思い出しましょう――そして、心から完全な良い希望を願ってください。このことだけをあなたは配慮しましょう、人生は正しいのだと認め、ご自分のことをゆっくりと許していきながら、ご自分を再び肯定することだけを。

悪意なく流れ急ぐ小川に絶えず押され
揺さぶられるのを感じている花。
小川は無心に、あわただしく花の根元を
掘り返しているが、花のことなど考えていない……

さまざまな感情が轟音とともに落ちていくとき
そこにさらされている私たちも、ああ、花となにも変わらない。
それらが私たちのことを考えるだろうか?……だがこの世にあることが
余計な偶然を均（なら）してくれる。

―――

R

Die Blume sein, die sich vom steten Stoße
des arglos wachen Bachs erschüttert fühlt,
der sie nicht meint, wenn seine übergroße
zerstreute Eile an ihr wühlt ...

Nicht anders, ach, ist unser Hingestelltsein
an der Gefühle stürzendes Gebraus;
meinen sie *uns* denn? ... doch das In-der-Welt-sein
gleicht diesen Überfluß an Zufall aus.

———

リルケの手稿

1　リルケはさまざまなところで詩は自分の意思と関係なく降りてくるものだと言っている。2番の手紙でもわかるように、彼は作品が作者と切り離されたそれ自体自律した自己完結的なものだと常々考えていた。

2　ここの表現は性欲の比喩としての「隠れた罪深い血の河神」が、太古からの衝動として歌われる『ドゥイノの悲歌』の第三歌と重なる。

3　リルケはハイゼにこの恋愛の失敗を最終的な運命とするのではなく、次の経験への「財産」と捉えてもらいたいと考えているのである。

4　非常に難解な表現だが、おそらくハイゼは自分を責めたのだろう。リルケは人間関係が破綻した時に、「しかるべき時に」、いろいろな形の（「言葉にできない」）「くつろぎ」や、外的条件に左右されない（「無条件の」）喜びを得られれば自責の念に駆られることなどなくなると言っている。この「無条件の喜び」は定義できないから「奇妙なふわふわ浮遊する」と形容されているのだろう。それに対して「幸運」は偶然に左右されるもので、「無条件」ではないから反対のもの（「ライバル」）なのだろう。同時に「無条件の喜び」という言葉は生まれてくる子供のことを暗示しているようにも思われる。つまり、子供のことを考えれば、自分を責める必要はないと言っているようにも思われる。

5　心の下が重くなっていくとは、みごもっていること。マリアは心の下にイエスをみごもったという表現が有名なクリスマスの歌「マリアはいばらの森を通り抜けた」の歌詞にある。ここはそうした言い方で辛い状況を慎重に暗示している。

6　予期していなかった棲家とは、おそらく望まない妊娠をしてしまったハイゼの母体のことだろう。

7　『ドゥイノの悲歌』の『第八の悲歌』は「すべての眼で生き物たちは／開かれた空間を見ている」と

始まり、「開かれた空間」(14番の手紙の註1(八二頁)も参照)がテーマとなる。これは、人間の意識によって対象化されていない世界で、そこでは生と死の違いもない「死からも自由な世界」である。しかし「私たちの目だけは/ひっくり返っているかのよう」にその「開かれた空間」を見ようとしない。いや、それどころか、それを見ることができるはずの幼い子供たちにも、「目を逸らさせて後ろを向かせ/世の中の形を認識させようとし、」ているのである。リルケは、幼い子供は「開かれた空間」を見ている生き物たちの眼差しを持っていると考えている。子供を教育することが、すでに出来上がっている大人の常識を強制するのではなく、世界を認識するためのできるだけ多くの選択肢を用意すべきだと言うのである。

リルケの返事からだけでは、リザ・ハイゼの妊娠がどういう事情だったのかはわからないが、「相手に圧倒されることを願った最初の時ほど幸福ではなかった」、「相手が自分に相応しくないと感じ」、誤解していたと気がつき、相手に屈服したことで恥辱を感じ」たとあることから、当初ハイゼが積極的(「圧倒されることを願った」)でありながら、後に男に幻滅したのだろうと想像できる。リルケは「肉体の根源的な望み」、つまり肉欲に対して、それに対抗してバランスを取るべき「精神と心の等価物」を対置するのではなく、その両方を「全体として」「褒めたたえ」ようと言う。手紙の中でも言及される『ドゥイノの悲歌』でも、リル

ケはこの世にある人間の辛さはかなさを嘆きながら、それにもかかわらず「この世にあることは素晴らしい」「この世にあることは大したことなのだ」と言う。「この世にあること」を生も死も含めて「全体として」讃美することを説く。これは最後のハイゼのために書かれた詩にも見られる。人間の都合など考えていない自然に翻弄される「花」のハイゼもこの世にありさえすれば、さまざまな「偶然」から生じる余計な困難が取り除かれて均(なら)され、補整されていくだろう(むろんこれを楽観的と批判することもできるだろう)。

リルケは子供の中にひょっとして見られるかもしれない相手の男から受け継いだ「未知の部分」も愛し、自分のものにするように忠告する。こうした返事の書き振りから、ハイゼはかなり詳しい事情を書いたと思われる。彼女はたくさんの手稿を残したようだが、しかし、このことについてなにも書き残していないという。しかしハイパーインフレは収まりつつあったとはいえ、世情はとても厳しいものだった。すでにミヒャエルのいるシングルマザーとして、もう一人子供を抱えることは、彼女には不可能だっただろうとは容易に想像できる。

あちこちに散りばめられた「鳥を見送ったり、閉じた瞼に風の向きを感じる」や、「泉の豊かな音や雨の降る優しい音」という詩的なイメージが、きっとハイゼの心を慰めただろう。

この後、二人の間で手紙のやり取りはなかったと思われる。ただ、公表されなかったのに、このリルケからの最後の手紙をハイゼは廃棄しなかった。なんどもこの手紙を読んだに違いない。ハイゼのリルケ宛ての手紙は他の多くのリルケに宛てられた手紙と同じように、リルケの死後差出人に返されたはずである。その時ハイゼは自分の最後の手紙を処分したのだろうか。なお、ハイゼ宛てのリルケの手紙はマールバッハのドイツ文学資料館に保管されているが、ハイゼが書いた手紙の現物は残っていないという。

リルケの生涯はこの最後の手紙の後二年半ほどしか残されていなかった。一九二六年一二月末に入退院を繰り返したのち、ヴァル・モンの療養所で五十一歳の生涯を閉じた。苦痛に満ちた死であった。

一方リザ・ハイゼは13番の手紙で自ら書いたように、「長く生き、たくさんの経験をする」(七四頁)。彼女はこの後ドイツをおそう激動の時代を生き延びることになる。リルケの手紙から引用すれば、「深い誠意と悔い改めを行動で示すことによって、世界中の人々を恥いらせ、心を揺さぶることができたはず」(一〇六頁）だったドイツは、誰もが知るように、正反対の方向へ向かう。この後の彼女の人生について見ておきたい。

一九二三年末にティーフルトの農場の契約解除でオーバーヴァイマールに移ったわけだが、生活はそうとう厳しかったはずである。

ムラートが息子ミヒャエルとともにゲーベゼーの寄宿学校へ去り、ひとり農業を続けていたリザ・ハイゼは、この期間に独学で速記とタイプライターの技術を身につけ、一九二六年からはイエナの自然療法の大学病院で秘書の職に就く。この病院はドイツの大学で初めて自然療法の講座を開設したことで有名なエミール・クライン（一八七三～一九五〇）が院長だったが、彼がユダヤ系だったためにヒトラーが政権をとった一九三三年に閉鎖させられ、彼女も同じ大学の耳鼻咽喉科病院へ移る。

秘書の職は多忙で薄給であったが、いつか文筆で身を立てるという希望を胸に、日々の仕事の合間に、彼女はさまざまな雑誌に詩や短篇小説を投稿した。しかしいくつかの詩や短篇スケッチが地元の新聞や雑誌に載ったこともあったが、話題になることはなかった。

ナチスの政権下、戦争が近づく一九三八年、ハイゼは病院をわずかな和解金とともに解雇される。ナチスは女性が働くことを嫌ったので、それが関係したのかもしれない。しかし、この時かつてのリルケとの関係が彼女に新たな世界を開く。

リルケの死後、一九二九年と三〇年に『若き詩人への手紙』と『若き女性への手紙』が相次いで出版されて話題になった。前者は文通相手のカプスの序文がついていたが、後者は宛名人が誰であるかは伏せられていた。その後、多くの「リルケを友とする人々からの願いや要望」に応じて、ハイゼは自分のリルケ宛ての手紙の一部を一九三四年に公開し名前を明かした。この文通を愛読するある貴族の夫人が、無職になった彼女を数ヶ月間イタリア北部のマッジオーレ湖畔の別荘に、ほぼ無償で招待したのである。

そこは貴族の別荘であり、他にも多くの客の出入りがある。彼女は「裕福で高貴な客たちの中で最も貧しい客だった」から居心地は良くなかっただろう。それでも部屋から見える「雪に覆われたモンテ・ローザの聳えるアルプスの連峰」や「下に広がる紺色の湖の美しさ」、そしてなにより「あたりの静謐さ」に魅了される。彼女は庭の離れに住まわせてもらい、ドイツやオーストリアのニュースに心を痛めながらも、それが「まるで別の星の出来事のよう」に感じられ、自分が南の国にいる幸福感を味わう。そして当主に許可を得て、これまであまり管理されてこなかった庭園の手入れに励むのである。「また再び庭仕事ができるとは、なんと素晴らしい事でしょう、しかも何年振りかしら」と、彼女がこの時期のことを回想した『短調のスケルッツォ』には書かれている。そしてその合間に地元の子供との交流や、ボートに乗ったり、客の中で気のあった人とトレッキングをしたりしている。

多幸感に酔いながら帰国した彼女を待っていたのは戦争に向かうドイツである。彼女はやもめとなっていた父の介護のためにマイニンゲンに居を移す。父には十分な年金があったために、彼女は長年苦しめられた経済的な心配からやっと解放された。戦争の時代を彼女は父の介護をしながら過ごした。

すでに彼女はティーフルトでテクラ・ムラートと一緒に農作業に従事していた頃から、ユダヤ系の作家で翻訳家のベルンハルト・ベルンソン（一八八八〜一九六三）一家や、ドイツ共産党の国会議員だったテオドール・ノイバウアー（一八九〇〜一九四五）の夫人と付き合いがあった。そんな彼女であれば、当然ナチスに反感しか持っていなかった。それは彼女の書き残したものからもはっきり確認できる。それどころか戦時中の彼女は自宅に反ナチスのビラの束を預かっていた。ビラを隠す程度のことではあっても、これが当時のドイツでどれほどの勇気と信念を持たねば不可能だったかは、有名な「白バラ」のショル兄妹たちや、ハンス・ファラダの小説『ベルリンに一人死す』のモデルのハンペル夫妻など、ビラをまいただけで処刑された幾多の例を見ればわかるだろう。密告も横行していたし、見つかれば逮捕され、ゲシュタポの取り調べの後、悪名高い人民裁判所で裁かれ、収容所に送られ、否、処刑されかねないものだった。

ともあれ彼女は父の介護をしながら、このドイツ史上最悪の時代を生き延びた。一九一七年に生まれ、戦争中は二十代だった息子のミヒャエルは召集され、兵隊として戦場に出た。彼は捕虜となったが、これも運良く生き延び祖父と母の元へ帰ることができた。彼は戦前にヴァイマールで工学を学んでいて、復員後その勉強を再開し、一九四七年に結婚して自動車エンジニアの職に就いた。だが、戦後もドイツは苦難の時代が続く。東西ドイツの分断である。リザ・ハイゼと息子夫婦は東ドイツに住んでいたが、一九五五年に西ドイツのシュヴァインフルトへ移住する。もう少し後だったら東から西への移住はむずかしくなっていただろう。移住後ミヒャエルは有名な自動車パーツメーカーのフィヒテル&ザックス社にエンジニアとして就職した。

リザ・ハイゼが戦中から戦後にかけて、どのような生活を送ったか、細かいことはわからない。父の介護をしながら近くに土地を借りて農業を営み、農作物を売っていたことは伝わっているが、彼女の残した手稿にもそれらの時代のことを回想したものはほぼないようである。

一九三〇年代後半には詩や短篇小説がいくつか文芸誌に掲載された。また戦後になってからは地元新聞に数篇の自伝的な思い出の記を発表している。そして、東ドイツ在住時代の一九五〇年には『泉』という題名の小説を出版している。これは二年後には西ドイツの出版社から再版が二度出ている。

ここでこの『泉』という小説について、少し詳しく内容を紹介したい。というのも、この小説にはリルケの影響がさまざまに見られるからである。同時に、リルケの特異な「愛」についての考え方と、先に二六番の手紙の註7（一四四〜四五頁）などで述べた「開かれた空間」というキーワードについて、もう少し詳しく説明できると思うからである。

この小説は看護師の「わたし」が、亡くなった患者から託された手紙について説明した序文と、七通のかなり長文の手紙からなっている。序文の冒頭はこう始まる。

一九三八年の夏、Ｊの大学病院に勤務していた時、ある女性患者の担当になったことがあった。あまりに壮絶な苦しみと死の様相で、彼女はわたしにとって忘れられない人になった。非常に暗い世相の中で花開いたわたしたちの友情に、残された時間はほんの数週間しかなかった。

彼女の死後、わたしは約束通りわずかな遺品を整理し、近親者がいなかったため、適切と思われる宛先に届ける役を引き受けた。

遺品の中に手紙の束があり、書かれていた宛先に送るが宛名人不在で戻ってきてしまう。ドイツがポーランドに侵攻したあとにもう一度試みると、宛名人は戦争が始まった直後に戦死したことが判明する。「わたし」は一度は手紙を廃棄しようと考えたが、「太古の昔より変わらぬ女の嘆きと、情熱の苦しみを克服する様に心打たれて」保管していたのである。いま、戦争が終わり、「絶望的に混乱している人間同士の関係を改善しなければならない」ときに、「この手紙に記された苦悩とその克服は人々に共通の意味がある」のではないか、と考えて発表することにしたという。

手紙の内容は去っていった男への熱烈な恋文である。

本や眼鏡や、青い皿に乗ったタバコや、まだこのあたりに転がっている小物類が、あなたが一瞬だけ部屋を出ていったかのような錯覚を起こさせる。ここにはあなたの息が感じられるし、あなたの笑い声の残響もある。なのに、永遠のお別れなんて、どうして信じられるでしょう！

最初の五通は去っていった男を忘れられず、猜疑心と苦しい思いと恨み言を繰り返す。

夜、あなたの名前を声に出し、あなたの声を聞いているような気持ちでベッドに倒れ込む。心臓を突き刺すような痛みを感じながら、遠くにいるあなたを思う。

わたしがあなたなしではいられないように、あなただって私なしではいられないはずなのに。

なにがあなたを変えたの、なにがあなたをわたしから奪ったの？　それを知ることすら、わたしにはできないの？

あなたはわたしを弄んだのだわ、ほんとうにひどい！　あなたはわたしのことをよく知らなかったから、わたしが疑ったり、待ちくたびれて諦めるだろうとたかをくくっていたのでしょう。みごとにわたしをだましていたのね！

このような捨てられた女の怨語に、読んだ人はだれでもヨーロッパでは良く知られた『ポルトガル文（ぶみ）』を連想しただろう。
『ポルトガル文』は一六六九年にパリで出版された、ポルトガルの修道女マリアンナ・アルコフォラドが彼女を捨てたフランスの武人シャミリー侯爵に宛てたとされる五通の恋文である（二〇世紀になってほぼ別人による創作と認定されている）。これは出版直後からセンセーションを引き起こし、各国語に翻訳され、版を重ねてきたもので、我が国でも佐藤春夫が『ぽるとがる文』として詳細な解説をつけて翻訳している。

リルケは『マルテの手記』や『ドゥイノの悲歌』やいくつもの手紙で、この本とアルコフォラドについて「偉大な愛の女性」の一人として、直接的間接的に繰り返し書いている。

それにもかかわらず女たちは昼も夜も耐え続け、愛も悲惨も増した。こうして無限の苦悩に鍛えられた女たちの中から、力強い愛の女が生まれた。彼女たちは男を呼びながら男を乗り越えていった。戻らぬ男を越えて成長した女たち、たとえば（中略）ポルトガルの女がそうだ。（『マルテの手記』）

しかし、憧れがやまぬのなら、あの愛の女たちのことを歌うがよい。
彼女らの褒め称えられた感情はまだ充分に不滅のものにはなっていない。
あの捨てられた女たち、おまえは彼女らを
愛を得た女たちよりもはるかに多く愛すると信じ、妬ましささえ感じる。
どれほど讃えても讃えきれぬ彼女たちへの賛仰を、常に新たに始めるがよい。
（『ドゥイノの悲歌』第1歌）

また、一九〇七年にはエッセイ『修道女マリアンナ・アルコフォラドの五通の手紙』を書き、孤独の中で彼女の愛はそれ自体を越えて成長し、昇華されて、もはや相手の応答を必要としなくなったと主張する。さらには自らこれを『ポルトガルの手紙　マリアンナ・アルコフォラドの手紙』として翻訳している。この翻訳は一九一三年にインゼル叢書の一冊として出されたこともあって（『若き詩人への手紙』と『若き女性への手紙』もこの叢書の一冊として出され、現在まで版を重ねている）、リルケの翻訳としては一番読まれたものになった。

愛とは愛し愛されることによって成就するという常識をリルケは無視する。愛した相手から捨てられても、その苦痛に耐えて相手の存在から自由になり、それでも「愛」を放棄せず、それによってより豊かになる女性というのが、リルケが「偉大な愛の女性」マリアンナ・アルコフォラドと彼女が書いたとされる手紙に見たイメージである。

ハイゼの小説も『ポルトガル文』と同じように、去った男を恨みながら恋焦がれる感情の機微を綴った女の手紙である。『ポルトガル文』と違うのは、ハイゼの手紙にも見られたような自然描写の多さである。二人で過ごした思い出の中の自然描写、あるいは手紙を書いている時の周囲の様子に自らの心情を託しているところに、ハイゼの表現能力の高さが垣間見られる。

眠れない長い夜から不安が生まれ、子供の頃の秋祭りの篝火(かがりび)の匂う早朝の道の思い出が蘇る。草原の傾斜地。農地の上空で囀る雲雀。海に浮かぶ鈍色の帆。焼き菓子とお香の香るプラハの古い路地が思い浮かぶ。それとも、昔読んだ本だったかしら。でも今読んでいるのはわたしたちの過去だけ。あなたはわたしの物語、わたしの冒険、意味深い出来事、そして夜になると現れる幽霊。でもページがごちゃごちゃだわ。

手紙の六通目から、女は老彫刻家とともにイタリアへ行き、公園の泉に設置されるはずの彫像のモデルになる。そして、いつの日か去っていった男がこの小さなイタリアの公園にやってきて、自分をモデルにした彫像を見ることを夢想する。

あなたは泉の縁に腰を下ろし、両手の間を流れ落ちていく水のように過ぎていった月日のことを考える。そして噴き上げる水音に耳を傾け、絶えることのない静かなざわめきを聞く。それはわたしの愛の象徴のように、幸福へ向かって高く昇り、飛沫となって自分自身に落ちて戻ってくる。そのメロディーはあなたの怯えた心を落ち着かせ、あなたが疲れて帰ってきた時に愛撫してあげたわたしの手のように、あなたを慰める。

ここでは泉というより噴水と訳すべきだろうが（ドイツ語の **Brunnen** はどちらの意味も備えている）、水が循環するイメージで彼女の愛が自己完結していることが示されている。これは2番のリルケの手紙でも見たものである（一〇頁）。ここに描かれる南国の描写は間違いなくハイゼがマッジオーレ湖に招待された時に経験したことが多く盛り込まれているのだろうと思われる。そしてその地で彼女はリルケの言うところの、愛を成長させて相手の男を凌駕する「愛の女」になる。

時間の長さなど無意味で、大切なのは強度だけ（中略）。あなたの中で失われた世界を少しずつ取り戻し、同時に新しいやり方で自分を取り戻しています。

しかし、それ以上にもっと直接的にリルケを思わせる表現や引用がこの小説にはたくさん見られる。たとえばイタリアの地で岸壁の上の墓地に行った時の描写。

> 糸杉がいくつものほっそりした塔に反響するように立ち、十字架や石の上は土や草が覆っている。こんなふうに「宇宙へ死者たちは流れ出ていく」、詩人の言葉を借りれば「流れゆく空気の交感」が感じられる。

「流れゆく空気の交感」はリルケの『ドゥイノの悲歌』の第二歌にある詩句である。名前はあげられていないが、この詩人はリルケのことである。その前の引用もリルケの詩句そのままではないが、雰囲気は『ドゥイノの悲歌』第二歌のものである。

そしてここに続く部分は、七番や二六番のリルケの手紙の「大切なのはいつでも『全体』で見ることではないでしょうか」や「全体としてそれを褒めたたえましょう」という言葉を思い出させるし、『ドゥイノの悲歌』の「開かれた空間」、生も死も分けない、人が解釈しない境地を思わせる。

> 始まりも終わりも、生も死も、愛も諦めも、全てが突然一つになったように

感じられた。海の上に突き出た小さな壁に腰掛けて、苦痛のない生を感じていた。幸福と不幸は、生と死のようにつながっている。

あるいは最後の手紙の中の言葉。

愛は青春の特権ではない。愛は感情より上のものなのだ。本当に愛することができるためには、人生のかなりの部分を費やさなければならない、経験を積んで、苦悩や衝撃も、敗北も勝利も、そしてたくさんの不安も知らなければならない。

この文章は、リルケの『マルテの手記』の有名な「詩は感情ではなく経験である」という次の文を思わせる。

詩は、人々が考えているように、感情ではない（感情なら若い頃から充分にある）——詩は経験である。一篇の詩を書くためにはたくさんの街を見なければならない、人を、物を見なければならない、動物たちを知らなければばならない、鳥がどのように飛ぶかを感じなければならない、朝小さな花が開く時の動きを知らなければならない。

そして手紙の最後は次のような文章で締めくくられる。

人は不完全の中に完全を、有限の中に無限を求める運命を背負わされ、魂は生の極北をあてどなくさまよう。そこでは生は絶えず「限界を越えて溢れ」流れていく。しかし一人の方(かた)がいて、その手には青白いお皿を持ち、そこに溢れ出たものを集めてくれる。

これなどリルケの初期の有名な詩『秋の日』(『形象詩集』)の後半の詩節が思い出される。

われわれはみな落ちる。ここにあるこの手も落ちる。
ほかのものたちを見るがよい、落下はあらゆるもののなかにある。

しかし一人の方がいて、その落下を
無限に優しくその手に支えてくれる。

ハイゼの小説は時とともに女が去っていった男を乗り越え、書くことによって痛みを克服して自分を取り戻したことが暗示され、リルケの『ドゥイノの悲歌』の第八の悲歌からの詩句の引用で終わる。

それは私たちを満たす。私たちはそれを整理する。それは壊れる。
それを再び整理すると、私たち自身が壊れる。

この詩句は「開かれた空間」に踏み込めない人間のことを歌ったものである。人間は体験したことやその記憶で満たされている。それを意識し整理して解釈しながら意味づけ、納得しようとする。しかし、そのおかげで生と死を分け(「それは壊れる」)、私たちは死を恐ろしいものと認識する(「私たち自身が壊れる」)。だが、「それ(死)を見るのはわたしたちだけ」で、動物たちの目には見える「開かれた空間」が人間には見えない。第八の悲歌では生と死の問題として語られているが、なにもそれだけに限られることはないだろう。だからリルケは「大切なのはいつでも『全体』で見ること」で、解釈などせず「全体としてそれを褒めたたえ」ることを強調していたのである。ただし、それが現実に実行できるかはまた別である。ハイゼが『泉』の最後にこの詩句をおいたのも、そうした人間の「運命」を自覚していたからだろう。

ところで、『ポルトガル文』を予備知識なく読んで、リルケが言うような愛の成長を読み取れるだろうか。たしかにリルケの訳には「自分を愛させるよりも自分から熱烈に愛するなら、ずっと幸福だろうし、もっと感動的なものを感じる」という言葉もあるが、通常は、日本語への翻訳者佐藤春夫が言うように、「人々は騎士と尼僧とのロマンチックな情事の事実に対する興味」で手に取り、「素朴な力強い真実、感覚の自然な新鮮、恋愛心理の露出の魅力」を楽しんで、読み継いできたのではないかと思われる。ハイゼの『泉』は、この点で、『ポルトガル文』よりももっと明確に、去っていった男を追いながら、最後はその苦悩を克服し、男を乗り越えたことが暗示されている。この小説は明らかにリルケの考えた愛の女や「開かれた空間」を取り込んでいるのである。

晩年ハイゼは鬱病に苦しんでいたという。そして一九六九年、七十六歳で自ら命を絶った。あとに残されたさまざまな原稿のうち、本書でも引用した日記形式の『短調のスケルッツォ』と回想録形式の『ティーフルトの日々』および病院敷地内での幼年時代のさまざまな思い出や家族のこと、読書体験などのスケッチからなる『ラテルナ・マギカ』の三篇は、彼女の死後半世紀近く経って『短調のスケルッツォ　リルケの文通相手だった女性の人生回顧』の題名で出版された。しかし、そこにリルケとの文通について、あるいはリルケについて書かれているものはない。『短調のスケルッツォ』はイタリア滞在中のエピソードがかなりの部分を占めるのだが、その経緯はおろか招待してくれた貴族の女性がリルケのファンだったという話も出てこない。そもそもリルケの名前が全く出てこないのである。ハイゼは自分が有名な『若き女性への手紙』の文通相手であることを秘しておきたかったのではないかと思える。リルケの死後、彼女は繰り返し新聞や雑誌に投稿した。しかし、リルケの文通相手というレッテルにすがろうとはしていない。ハイゼはリルケの最後の手紙におそらく返事を書かなかった。しかしそれから四半世紀後、ハイゼは生前唯ひとつ本になった小説『泉』に、リルケに対する感謝の思いを託したのだろう。

訳者あとがき

リルケの『若き女性への手紙』はすでに何種類かの翻訳が存在しているが、文通相手のハイゼの手紙とリルケの最後の手紙の翻訳は本書が初めてである。ハイゼの手紙が明らかになったことで、リルケとハイゼの対話の話題が明確になるとともに、特に最後の手紙によって、従来の『若き女性への手紙』の印象がずいぶん変わったのではないかと思う。

これまでは『若き女性への手紙』は『若き詩人への手紙』の影に隠れてきたのではないだろうか。『若き詩人』の方は創造行為に携わる人々の熱烈な支持を受け、ドイツ本国でも『若き女性』の倍近い発行部数であるらしい。一方で、『若き女性』の方は、これまで相手の生涯も知られておらず、また最初の何通かは後期リルケ特有の難解な詩的・比喩的言い回しが多用されてとっつきにくく、ほとんど『若き詩人』の添え物のように扱われてきたように感じられる。しかしこれらの文通がなされた時代は第一次大戦終了直後という激動の時代であるとともに、リルケ自身にとっても代表作が完成する重要な時期である。シングルマザー、ハイゼの人生も波乱にとみ、物語性としてはハイゼとの文通の方がずっと面白く思えたのだが、読んでいただいた方々はどのようにお感じになられただろうか。

手紙の翻訳には Rainer Maria Rilke Briefwechsel mit einer jungen Frau. Hrsg. von Horst Nalewski. Frankfurt a/M. 2003（ホルスト・ナレヴスキ編『ライナー・マリア・リルケ、若き女性との往復書簡』（二〇〇三年））、Rainer Maria Rilke, Briefe an eine junge Frau. Insel-Bücherei Nr.409, Wiesbaden 243. bis 251. Tausend, 1955（ライナー・マリア・リルケ『若き女性への手紙』（一九三〇年）使用したのは一九五五年の版）および Lisa Heise, Meine Briefe an Rainer Maria Rilke. Berlin, 1934（リザ・ハイゼ『ライナー・マリア・リルケへの私の手紙』（一九三四年））を用いた。

ハイゼの生涯については、それ以外に Lisa Heise, Scherzo in Moll. Lebenserinnerunger einer Rilke-Korrespondentin. Hrsg. von York-Egbert König und Kristin Schwamm. Groß-Gerau, 2015（リザ・ハイゼ『短調のスケルッツォ　リルケの文通相手だった女性の人生回顧』ヨーク・エクバート・ケーニヒ、クリスティン・シュヴァム編（二〇一五年））とそのケーニヒによる解説、York-Egbert König und Kristin Schwamm, Lisa Heise (1893–1969): Die Großstadt. Die Erinnerungen einer Rilke-Korrespondentin an Kassel und Hofgeismar 1910–1919（ヨーク・エクバート・ケーニヒ、クリスティン・シュヴァム『リザ・ハイゼ（1893-1969）、大都市　リルケの文通相手のカッセルとホーフガイスマール

にした。

またハイゼの小説『泉』は Lisa Heise, Der Brunnen, Leipzig 1952 に基づいた。なお、本文中でも断ったが、『泉』の原題 Der Brunnen の意味は「泉」にも「井戸」にも「噴水」にもなる。循環（自己完結）の比喩としては『噴水』の方が相応しいだろう。しかし日本語の語感として『噴水』では派手な印象があるかと考えて『泉』という訳語を選択した。

リルケの手紙の翻訳にあたっては、これまで日本語になっているいくつかの『若き女性への手紙』を参考にさせていただいた。そのお名前だけを上げておく。高安国世氏、神品芳夫氏、斎藤萬七氏・石野力氏の翻訳に心より感謝いたします。そしてなによりも、『若き詩人への手紙　若き詩人F・X・カプスからの手紙11通を含む』の編者でリルケ協会のエーリヒ・ウングラウプ博士（Dr. Erich Unglaub）には、今回も日本語にするにあたって幾多のヒントを授けていただいただけではなく、リルケ特有の用語の解釈についても伺うことができた。前回の『若き詩人』の翻訳時もそうだったが、今回もこちらの的外れな質問にも、実に親切に対応してくださり、目配りの行き届いたご回答をいただいた。博士の数々のご教授がなければリルケの難解な表現を日本語にすることはできなかった。それでもまだ不備があるとすれば、それはすべて訳者の力が足りなかったということである。

また、校正原稿を読んで、さまざまな助言してくれたつれあいの美砂子（旧姓山里）と娘公子にも感謝したい。

最後になってしまったが、特に最後のハイゼの小説『泉』の扱いについて重要なご助言をいただいた未知谷の飯島徹氏にもお礼を述べなければならない。そして今回も、決断力のない訳者の何度にもわたる堂々巡りのような校正の労をとっていただいた伊藤伸恵さんにもお礼を申し述べたい。みなさん、どうもありがとうございました。

訳者

二〇二四年三月　閉塞した暗い時代に

Rainer Maria Rilke

（1875 ～ 1926）

プラハ生まれ。主にヨーロッパ各地を旅行し晩年はスイスに隠棲する。ロシア旅行、パリでのロダン／セザンヌ体験などを経て、現代人の愛と孤独と不安を追求し人間存在の究極を捉えた20世紀最大の詩人のひとり。『新詩集』『マルテの手記』『ドゥイノの悲歌』『オルフォイスへのソネット』など。

Lisa Heise

（1893 ～ 1969）

ドイツの作家。1916年に画家のヴィルヘルム・ハイゼと結婚するが19年に離婚。リルケとの文通を通じて知られている。他に小説「泉」、回想録「短調のスケルツォ」。

安家達也（あんけ たつや）

1956年東京生まれ。リルケ協会（Rilke-Gesellschaft）会員。Ein japanischer Rilke-Nachruf (Blätter der Rilke-Gesellschaft Bd.35, 2020), 訳書にハンス・ヘニー・ヤーン『岸辺なき流れ』（2014　共訳）、ベンヨ・マソ『俺たちはみんな神さまだった』（2017）、ライナー・マリア・リルケ『若き詩人への手紙　若き詩人F. X. カプスからの手紙11通を含む』（2022）、ディーノ・ブッツァーティ『ブッツァーティのジロ帯同記』（2023）など。

若き女性への手紙
若き女性リザ・ハイゼからの手紙 16 通を含む

2024年 4 月16日初版印刷
2024年 4 月26日初版発行

著者　ライナー・マリア・リルケ
リザ・ハイゼ
訳者　安家達也
発行者　飯島徹
発行所　未知谷
東京都千代田区神田猿楽町 2-5-9　〒 101-0064
Tel. 03-5281-3751 / Fax. 03-5281-3752
［振替］ 00130-4-653627

組版　柏木薫
印刷所　モリモト印刷
製本所　牧製本

Publisher Michitani Co, Ltd., Tokyo
Printed in Japan
ISBN 978-4-89642-722-6　C0098

安家達也、翻訳の仕事

R. M. リルケ、F. X. カプス著、E. ウングラウプ編

若き詩人への手紙

若き詩人 F. X. カプスからの手紙 11 通を含む

「孤独、大きな内面的な孤独、必要なのはそれだけ」当初から割愛されてきた「若き詩人」からの書簡を加え全貌を初紹介。リルケは青年のどんな問いに応えて孤独の哲学を提示したのか。解けるとは想像しなかった謎が氷解する往復書簡集。

978-4-89642-664-9
208頁2000円

未知谷